仲条正义
Portrait by Takashi Homma 2020

Spiral: VI&logo 1985 华歌尔艺术中心 (Wacoal Art Center) (p.049)

松屋银座：VI&logo
创意指导：中西元男事务所（PAOS）1978（p.073）

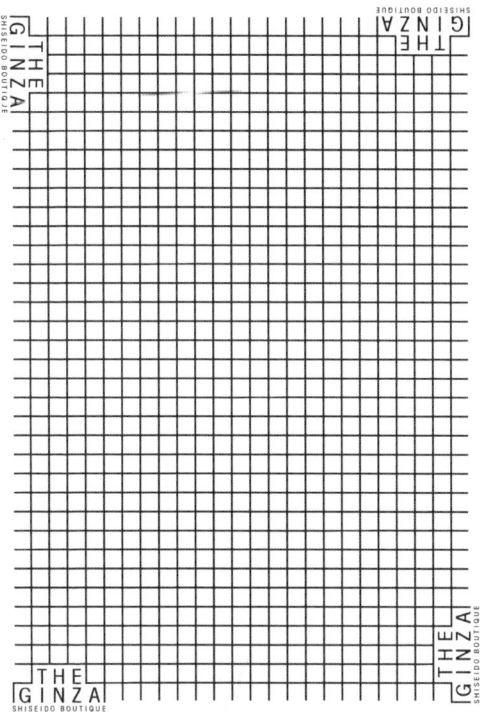

资生堂"THE GINZA"VI&logo
艺术指导：花内勇 设计：川崎修司 1974（p.072）

《ARENA37℃临时增刊 小泉纪念鉴》书籍设计

音乐专科社 1986
封面摄影：三浦宪治 超级编辑：秋山道男（p.057）

资生堂"WORD"日历 2003（p.051）

东京银座资生堂大楼 日历 2013（p.052）

资生堂 Parlour 包装　1990

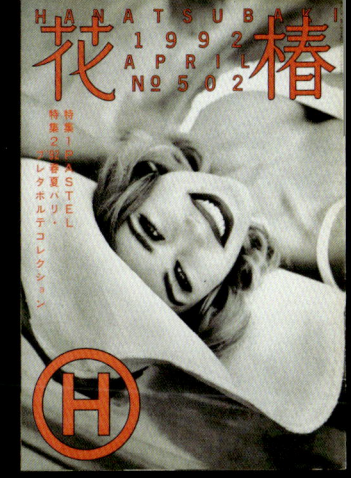

《花椿》1987年5月刊"MIAMI BEACH BOYS & GIRLS"
摄影：三浦宪治 造型：David Burnett 妆发：Bill Westmoreland（p.105）

《花椿》1981 年 7 月刊 "MARRAKECH"
摄影：Sacha van Dorssen 服装制作：入江末男（p.116）

《花椿》1969 年 3 月刊 "PINK POW-WOW"
摄影：高梨丰 服装制作：菊池武夫 & 鸟居 Yuki 妆发：Toshiko Urano（p.146）

《花椿》1983年8月刊"想去感伤旅行"
摄影：半泽克夫 造型：春原久子 妆发：永井宏明 文：岚山光三郎（p.149）

《花椿》1984年2月刊"伦敦假面舞会"
摄影：富永民生（p.151）

《花椿》1984年5月刊 "A Popeye And Two Olive Oyls"
摄影：吉村则人 造型：阿部由美子 妆发：佐藤敏子（p.153）

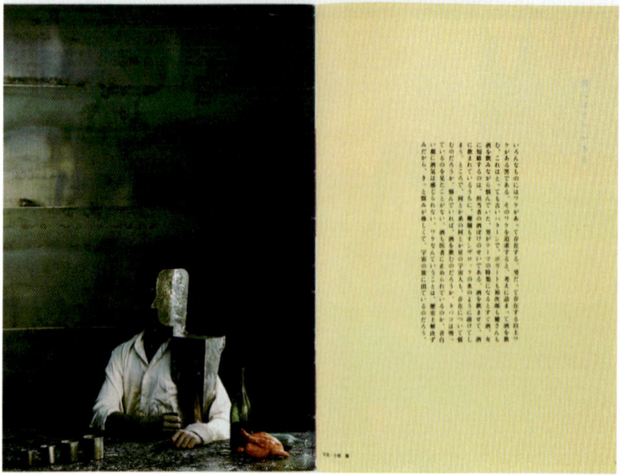

いろんなものにはワケがあって存在する。男だって存在する以上ワケがある筈である。そのワケを追求すると、考えに詰まって酒を飲む。これはとっても古いパターンで、ボガートも裕次郎も健さんも酒を飲みながら悩んでいた。男がテーマの特集になるとすぐ酒。女に短絡するのは、担当者の酒ぼけのせいである。酒を飲ませて、酒に飲まれているうちに、煩悩もオンザロックの氷のように溶けてしまう。ところで、何とか系の何とか星の宇宙人も、存在について悩むのだろうか。悩んでいれば、酒を飲むのだろうか。タバコは吸っているのを見たことがない。酒も医者に止められているのか。青白い顔に酒気は感じられない。ワケなんていうことは、歴史上解決ずみだから、きっと悩みが珍しくて、宇宙の旅に出ているのだろう。

靴などを特に愛し革をなでまわす人をフェティシストと呼ぶ。ビニールなどの人工皮革でもよいものかと質問したいが、周りに見当たらない。ロボットに感情があって、フェティシズムの気があったとしたら、やはり人工皮革を愛するのだろうか。それはさておき、男女がいて、その愛がまだ未熟な関係だと、人目を避けて知られないように、オフィスの机の下で、靴の先でつんつんとお互いに合図を送ったりして、ほほえましいがいやらしい。同僚に目くばせして、上司にいいつけたくなる。もし、それがロボットの場合だったら、どうか。そんな古風な仕草は許せないコトである。それは少年少女の夢をこわすものであって、筑波博も黙ってはいない。科学は未来の夢であって、月並なオフィスラブのテーマであってはならない。

14

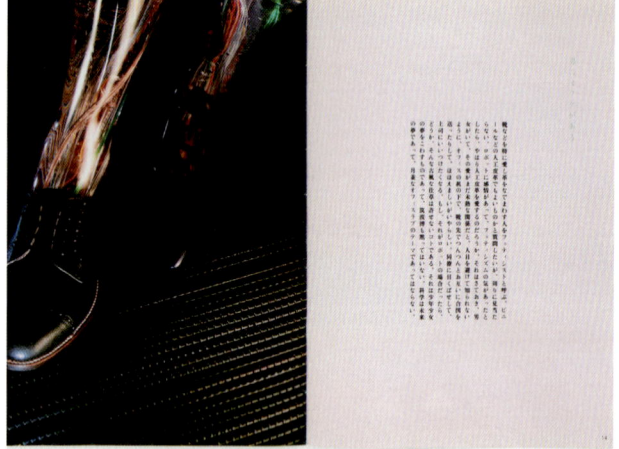

《花椿》1984 年 12 月刊“男人有他的理由”

摄影：小暮　造型：Yahagi Mikiko 特殊化妆：WIZARD&MONSTERS（p.156）

「ここに立つと、波がもっと遠くに見えたわ。
入江が、こう、ずうっと左に入り込んで……
もちろん、あのホテルもなかったし」
「誰ときたの」
「パパもいたわ」

「憶えているわ、わたしがカモメに石を投げ
たでしょ、ママにおこられた。——男の、大
人のひと」「忘れたわ」
「この海で死にかけたの——迷っていたけど、
助けてくれたパパと、いっしょになった」

《花椿》1985年4月刊 "海 母亲和女儿"
摄影：富永民生 造型：山本 Chie 妆发：Masa 大竹、泷泽裕子（p.158）

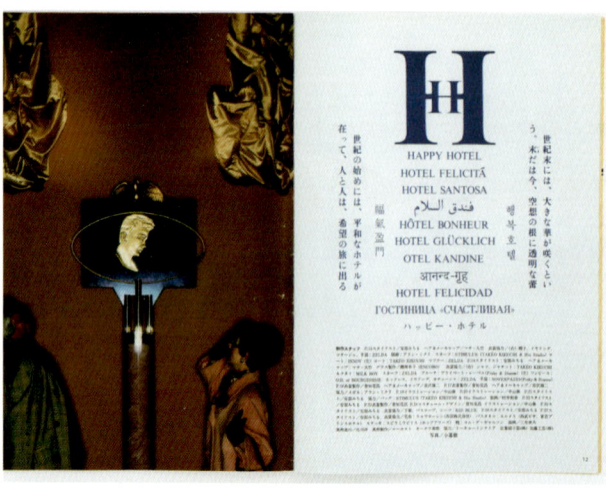

《花椿》1987 年 10 月刊 "HAPPY HOTEL"
摄影：小暮　造型：安部 Michiru 妆发：Masa 大竹（p.160）

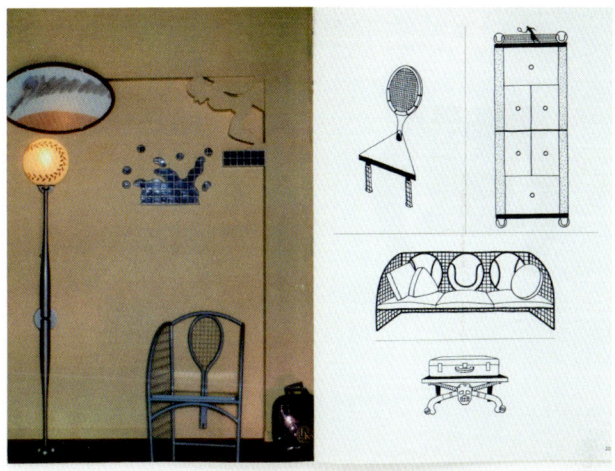
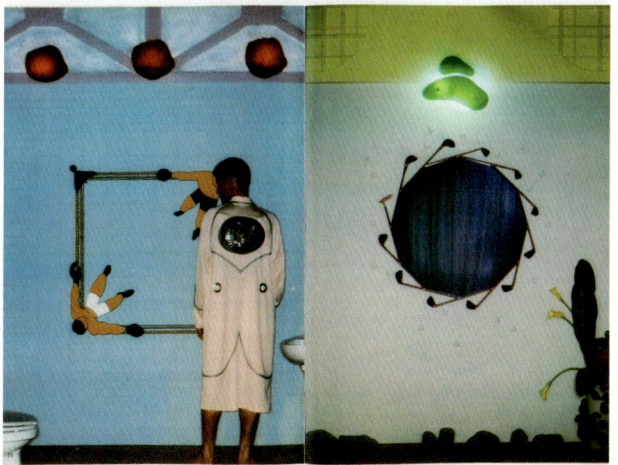

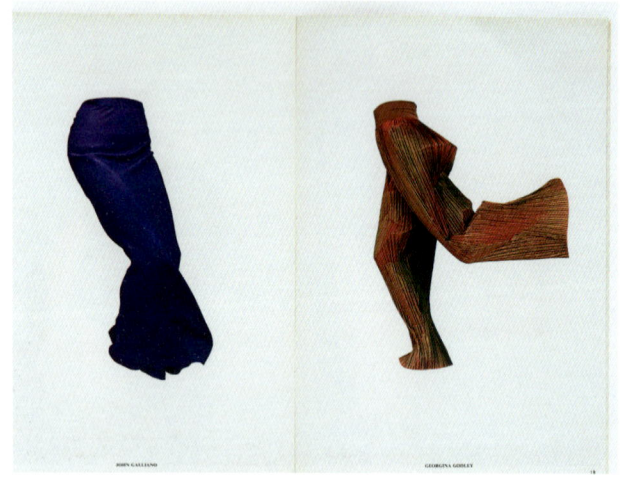

《花椿》1989 年 11 月刊 "LONDON NEWS"
摄影：Cindy Palmano 造型：Simon Foxton（p.163）

《花椿》1991年8月刊 "YOU ARE BEAUTIFUL! AM I BEAUTIFUL?"
摄影:富永民生(p.165)

《花椿》1994年10月刊"斯蒂芬·琼斯的帽子和Masa大竹的妆发"
摄影：伊岛薫 造型：岛津由之 妆发：Masa大竹（p.167）

《花椿》1996年1月刊"早晨 白天 傍晚 立陶宛的芭蕾舞者们"
摄影：本间隆 造型：安部 Michiru（p.143）

《花椿》1996 年 8 月刊 "如狸猫般 如月亮般 如过去般 如现在般"
摄影：上田义彦 造型：伊藤佐智子 妆发：Masa 大竹（p.169）

《花椿》1999年6月刊 "H$_2$O KIDS"
摄影：本间隆（p.143）

《花椿》2005 年 11 月刊 "Prospectown"
摄影：Jason Evans 造型：Simon Foxton 发型：Peter Lennon 化妆：Elle Maalouf（p.139）

《花椿》2007年5月刊"TOKYO TOWER de COMME des GARÇONS"
摄影：富永民生 造型：山本Chie 妆发：山田畅子（SHISEIDO）（p.171）

《花椿》2007年7月刊"在7月MARCH"
摄影：三浦宪治 造型：山本Chie
妆发：西岛悦、入江广宪、大久保纪子、百合佐和子、丰田健治、赘田爱（SHISEIDO）(p.173)

《"看"花椿》2009年7月刊"(我的)巴黎的忧郁"
摄影: Jason Evans 短歌: 穗村弘 (p.141)

仲条正义（Nakajo Masayoshi）

1933年生于东京。从东京艺术大学美术学部图案科毕业后，经历资生堂宣传部等工作，于1961年设立仲条设计事务所。担任资生堂的企业文化杂志《花椿》的艺术指导长达40余年，同时负责资生堂Parlour的包装、以及松屋银座、东京都现代美术馆的logo等设计。1998年获紫绶褒章，2006年获旭日小绶章。2021年10月26日去世。

我与设计 僕とデザイン Nakajo Masayoshi

[日] 仲条正义 著 江彦 译

北京联合出版公司
Beijing United Publishing Co.,Ltd.

雅众文化 出品

·本书以对仲条正义及有关人士的采访为基础，整理构成口述自传。关于著者仲条先生的发言，皆由编辑菅付雅信（株式会社 GUTENBERG ORCHESTRA）整理而成。

·文中提到的头衔，皆出自本书取材时期（2013—2020年）的头衔。

·文中提及的已在日本发售的参考文献，均括注其出版社名和发行年份。

目录

第一章　成为《花椿》艺术指导之前 / 001

生在木匠家　经历战争 / 003

中学时沉迷素描 / 006

艺大时代的财产是同学 / 009

拿到日宣美的奖励奖 / 012

学生时代开始在专业现场打工 / 014

虽然进了资生堂，但是个任性的员工 / 016

在资生堂三年，进 DESKA 一年辞职 / 021

设立仲条设计事务所 / 025

《花椿》的工作不期而来 / 030

仲条正义与我——不动的仲条主义与《花椿》
　平山景子（编辑）/ 033

反命题之"别做得太漂亮"
　高桥步（创意总监）/ 040

i

第二章　设计即文字 / 047

文字排版是一种音乐 / 049

通过设计把日历变有趣 / 051

西文字母只能凭感觉做 / 055

设计仿佛歌曲 / 057

关于日语特殊性的思考 / 059

有兴趣的话就会读 / 062

为吸引读者注目的违和感 / 064

通过手写做字体的办法 / 067

日本人设计师应以此为目标的文字 / 070

Logo 也存在流行 / 072

有可吐槽之处的设计 / 075

卓越字体的诞生要有时代背景 / 077

美丽的矛盾
　后藤繁雄（编辑）/ 080

仲条先生可能总是独自一人做着不同的工作
　穗村弘（歌人）/ 088

第三章　不做完美的设计 / 095

杂志应该用图像来吸引读者眼球 / 097

设计师的个性是像体质和手垢一样显露出来的
　　东西 / 099

点子就像井里的水，就算一直去打也不会枯，
　　源源不断 / 101

对合乎逻辑地提高设计完成度这种事抱有违和感 / 103

把设想硬推给别人很不识趣 / 105

讨厌犹豫 / 107

对摄影师来说修养很重要 / 109

电影主要关注影像部分 / 111

做海报水平很臭 / 114

把感觉维持在高水平上面有多难 / 116

借来的照片会因排版而黯淡 / 118

我不适合广告 / 120

不规矩世界的东西，应该拜托不规矩世界的人去做
　　筱山纪信（摄影师）/ 122

明明对完成度很严格，但在现场完全不严格
　　三浦宪治（摄影师）/ 128

第四章　《花椿》是强度很高的游戏 / 135

杂志应通过视觉来表达 / 137

以莎士比亚为题的游戏 / 139

巴黎取景时在当地改变想法 / 141

先有人选的立陶宛取景 / 143

请个人风格强烈的摄影师来创作影像 / 146

有电影感的照片的吸引力 / 149

拍下伦敦古典和前卫的两面 / 151

在夏威夷以波派游戏 / 153

以科幻电影为灵感，为不暴露粗糙处而用暗调摄影 / 156

采用电影式的设定，是为了让杂志拥有活力 / 158

以旅馆为题透彻地制造一个有玩心的世界 / 160

在伦敦，拍了好像透明人穿着衣服似的时装 / 163

一步未出夏威夷旅馆，拍摄文字的艺术作品 / 165

最大可能地利用帽子设计师的创造性 / 167

用温柔影调来完成半开玩笑的和风造型 / 169

因与 COMME des GARÇONS 的良好关系而产生的东京塔游戏 / 171

不娱乐，非杂志 / 173

仲条正义与我
　伊藤佐智子（时装创作人）/ 175

不谄媚，坚持自己的乖僻
　山本 Chie（造型师）/ 181

自由又奢侈又奇迹般的工作
　　本间隆（摄影师）/ 187

第五章　满是道理的设计没意思 / 193

设计是智慧 / 195

设计是游戏 / 197

设计要是不与众不同，就俗气了 / 199

游隙是设计的润滑油 / 201

新人必须要做新鲜的东西 / 204

个性和人性不同，自我个性太强会成为障碍 / 206

展览是表露自我个性的机会 / 207

感觉无聊的话就完蛋了 / 209

大师（Maestro）的智慧与幽默——编辑后记 / 213

附记 / 216

第一章

成为《花椿》艺术指导之前

生在木匠家　经历战争

昭和八年（1933），我出生在新宿区成子坂下，也就是现在的西新宿一带。那里附近有神田川的支流流过，旁边就是后来被废弃的淀桥净水场。战前那一带曾叫淀桥区。

我的父亲出生在千叶岭冈，是个木匠。关东大地震之后，世田谷、杉并一带的住宅建设热火朝天，他觉得那一带应该对木工活有需求，才搬到邻近的淀桥去的。

我小时候饭量很小又体弱，是个不怎么出门玩的孩子。虽然现在净水场周围建满高楼，但当时都还是些田地。不过呢，我好像没什么在那边玩耍的记忆。就算在那边玩过，也不是跟好学生玩。当时，我比较喜欢装不良少年。初中和高中时代，我净跟同道中人打交道，倒是和正经人合不太来。其实，我现在也不太知道怎么和"好学生"打交道。

要说木匠，木匠其实也分好多种，而我爸的专长是做住宅建筑。捷克建筑家安东宁·雷蒙德（Antonin Raymond）在轻井泽主持建设圣保罗天主教堂的时候，我爸的师父承包了相关工作。而我爸正是在这位师父那里学到了各种东西，所以他掌握的技术不限于和风建筑，还有西洋建筑方面的。这也因为安东宁·雷蒙德算是弗兰克·劳埃德·赖特（Frank Lloyd Wright）的弟子。[1]

昭和十六年（1941）太平洋战争爆发后，战火愈演愈烈，东京也因空袭遭到了很大的破坏。昭和十九年（1944），我们所居住的地区也收到了由当局发出的集体疏散指令。当时小学五年级的我和母亲两人，一起疏散到了位于千叶县九十九里的伯父家里；我爸则被招进了海军；当时还在上商校、比我长五岁的哥哥，则被疏散到了位于深川的母亲那边的亲戚家中，一家人四散各地。

战争结束的昭和二十年（1945）三月十日，发生了东京大空袭。听到九十九里附近的邻居嚷嚷着"东京那边不得了了"，我也爬上沿海的小山丘朝东京方向眺望，只看到东京的天空被染得一片通红。当时的光景到如今也历历

---

[1] 雷蒙德最初作为赖特事务所的驻场设计师来到日本，后独立。由于在赖特手下的工作加深了其对钢筋混凝土运用方法的认识，所以在日本的建筑作品会更多地参照利用日本传统建筑样式与建造工艺。——译者注（本书如无特殊说明，注释均为译者注。）

在目。

战后我的父亲退伍，从先前服役的横须贺那边回来了。当时的东京已被烧成一片荒原，我们一家就一起住在了之前被疏散到的九十九里那边。

中学时沉迷素描

进千叶县立匝瑳中学，是昭和二十一年（1946）的事。当时正是战后最混乱的时期。由于这所学校有学生必须参加社团活动的规定，我就进了写真部——并不是因为有别的什么强烈的动机，我家里正好有相机，再说像我这样没有什么特别的目标又有点不良少年感觉的学生能进的社团，也就只有这里了。只要老师不看着点，部员就聚在一起抽烟——其实是这样一个地方。

不过，后来遇到的一位美术老师，对我未来的方向产生了不小的影响。那位老师是香川人，曾向猪熊弦一郎的父亲学过美术。猪熊弦一郎是日本现代主义绘画的代表画家，而听说这位老师也曾将和他父亲学到的方法，教给过年轻时的猪熊弦一郎。这位老师偶然间看到我的画，突然就问我"要不要来美术部"。又后来，我甚至还带着自己的画拜访猪熊老师家，请他帮自己看看。就这样，我自然而然地进了美术部。

美术部是怪人的巢穴。不过，社团教室里能看到整齐排成一列的平凡社的"世界美术全集"丛书。《美术手帖》和《水绘》杂志的每月新刊也会被送到美术部，光是看这些书就比什么都快乐。总之，因为当时书很少，我们不免对书籍如饥似渴。我进了部里就迷上了素描，甚至一到暑假就住在美术室里画素描。

不过随着画越画越多，我的成绩也不断下滑。因为当时我把时间都花在了素描上，几乎没怎么学习。我爸开始讲"千叶没什么活可以干，还是回东京了"的时候，还对我说"这个成绩，你是进不了东京的高中咯"。因此，我还是留在了千叶。

美术部的老师曾在猪熊先生、胁田和佐藤敬他们发起的新制作协会的群展上展出过作品，可以说是个喜欢现代艺术的人。东京有毕加索展、鲁奥展的时候，他会带着我们美术部部员一起去东京的美术馆看展。也因为他的影响，我们美术部部员后来也会自己去东京看展。

当时，日本的现代主义正在逐渐衰退，而像麻生三郎那样表现主义式的作品风格，以及阴暗内向的或者说存在主义式的作品，则逐渐开始受到好评。不过让当时的我觉得"真不错呀"的画家，是让·杜布菲。当时，法国现代美术展巡回到东京，展览展出了法国的现代艺术品。杜布菲的作品也来到东京，我看后觉得，如今已不再是马蒂斯、毕加索的时代了。那时候，哲学的世界也来到了存在主义的时代，看似荒谬的想法正与杜布菲暗合了吧。不过即便被这类画深深吸引，我也还是抱有"画画没法填饱肚子"的想法，然后依旧整天都在画画。

艺大[1]时代的财产是同学

进高中后也成天泡在美术部的我,决定要考东京艺术大学。虽然第一志愿是油画专业,但因为竞争非常激烈,我就决定考报考率稍微低一些的图案专业。而对进油画专业有用的素描,我心中萌发了"摩登的设计明明已经出现在这个世界上,辛辛苦苦地画和古典绘画没什么区别的东西是要干吗"的情绪。于是我考了图案专业,运气很好地考上了。

当时艺大的油画专业,就算能毕业,能当上艺术家的人也只是少数,剩下的出路只有去学校当老师。相比之下,图案专业就更有一种"实践"的感觉。其实备考的时候,我并不知道企业里面有宣传部,或是存在广告代理公司这种行业。觉得"靠画画活不下去"也是我选专业时候的动机之一。

---

1 原文"藝大"。在日本尤其是关东地区,"艺大"这一称呼常常特指"东京艺术大学",而在书写上"艺"要用繁体字(旧字体)。

就算进了大学，我也不是那种认真的学生，经常惹老师生气。负责带我的教授是个典型的学院派，还记得他做过当时"哈多巴士"[1]的海报。怎么讲，反正他完全不是那种走在时代前端的人。而助教又是个怪家伙，听说是漆工大佬的儿子，上的课一点意思也没有。也因为这些情况，我本来对设计很有兴趣，不过在被要求临摹日本画等课业中，逐渐开始讨厌大学。虽然看起来可能会很任性，不过我在进大学之前就看了相当多的美术展和美术杂志这些，至少眼力是早就有的。后来我还是努力四年就毕业了，但学分刚刚踩点。而在大学里面我获得的最重要的财富，就只有同学。

我和在艺大与我同级的福田繁雄和江岛任两人，关于设计的事情总是聊个不停。福田总是比谁都要早到学校，拼命地画着素描；而江岛在学生时代就为讲谈社的杂志做设计工作，总是穿着又俏又高级的衣服。

我整天跑到福田的房间里，两个人聊像是"布鲁诺·穆纳里不错"或是"要说日宣美（日本宣传美术会）成员，在大阪的早川良雄不错"这类的话题，聊到兴致

---

[1] 日本关东地区的一家观光巴士公司。运营线路主要覆盖东京都和神奈川县，东京都政府是其大股东，因此具有半官方性质。

昂扬。正好，当时也是日本最早的设计专业杂志《IDEA》（1953创办，诚文堂新光社）创刊的时期，这下终于可以接触到国内外的设计相关的信息了。

当时，感觉大家都很关注美国的设计。不过，慢慢又有"意大利挺有趣的"的趋势。高岛屋这些百货店里，像是瑞典展、巴黎展的这类展览也越来越多。这些趋势的变化并非仅在所谓的平面设计方面，其中也有家具和工业制品等的流行趋势，因此室内装饰和产品设计的相关展览也逐渐多了起来，美术馆里也有了更多海外艺术家的展览。这些展览对我们来说都是学习的地方。

拿到日宣美的奖励奖

还有就是进大学之后，日宣美的成立对我来说影响很大。它是平面设计师们聚在一起成立的战后第一个全国性的同业组织。自1951年结成以来，每年都会组织展览，两年后则开始公开募集作品，这也成了新人设计师的"登龙门"。我在1954年和1955年，也就是自己大三和大四的时候投稿参加，拿到了日宣美的奖励奖。按照规定，学生应该没有参加资格，不过我还是糊弄了过去。这次得奖，对我来说是莫大的鼓励。

日宣美的展览里，1955年的名为"'平面'55——当今的商业设计"的展给予了我非常大的刺激。这是一场早川良雄先生、河野鹰思先生、龟仓雄策先生等都有作品出展的展览。从中可以感到我们上面一代的人，要从设计开始掀起一场运动。那个时候，龟仓先生开始提出："不是'图案'而应该是'平面'！"龟仓先生受过包豪斯的洗礼，应该是受到了那方面的影响。

龟仓先生的抽象设计，让人感到不只是新鲜，还有一种无所畏惧的感觉。河野先生技术很好，作品里总洋溢着妙处，又在角角落落里透露出一种好玩的感觉。我很喜欢河野先生的色彩运用和他抒情且轻盈的设计，而早川先生和山城隆一先生漂亮又崭新的设计，也是我们那一代人憧憬的对象。

学生时代开始在专业现场打工

这个时期发生了一件非常重要的事。大学二年级的时候，当时在学校做助手的老师带我去了河野先生那里，让我见识了设计师的工作现场。在学生时代得以窥见专家的工作，成了我莫大的财富。以此为契机，我开始每周周末都在河野先生的事务所打工。除此以外，我几乎没有干过其他和设计有关的零工。

当时我的设计水平很差。虽说偶尔会有艺大的前辈来拜托我做设计相关的工作，但在当时的我来看，比我大上十岁左右的前辈们所画的线条，简直有如神明附体般巧妙。中村诚先生他们这代人，都有很好的技术。可能因为他们不是我们这种不时还会抱有"实在不行，最差我还能当个画画的"这种想法的半吊子。

我当时打的其他零工里，有一份是为龟户的饭店和酒吧做装饰。工作是熟人介绍的，内容主要就是一年给店里更换四次装饰。比如到了圣诞就把涂白的木头吊到天花板上，在上面挂上铃铛之类，给空间营造季节感。因为我做的不是那种循规蹈矩到处都有的装饰，总有点特别，所以得到了不错的评价。当时的日薪是五千日元，包伙食。这份活计总共干了两年。

虽然进了资生堂,但是个任性的员工

大四的时候,我决定要当职业平面设计师。当时提起设计师,大家都只会联想到服装设计师,跟普通人提起来就是"平面设计是啥"的感觉。不过艺大的前辈有不少在企业里工作,同年级的同学也都在那边讲"要进一流企业",我也开始考虑找工作的问题了。

然后就是面哪里的问题。福田和资生堂的中村诚先生是老乡,所以他一直都在讲"我是要去资生堂的",结果后来因为味之素比资生堂工资更高,一下子就跑去了味之素。我工作的事情拖了好久都没定下来,后来想着反正福田跑掉了我就来试试资生堂吧,结果被顺利录用了。其实我一开始是想要去那种刚进去就能被安排实际工作的再小一点的公司的。

我就这样从大学毕业,于昭和三十一年(1956)进了资生堂。

当时百货店的宣传部门很有人气,不过我没考虑过去那边工作。高岛屋那边有一种不是意志坚定的人就做不长的氛围；银座的松阪屋则由二纪会[1]的画家当了老板，比起设计类作品，做的比较多的是时髦的油画之类。只有银座的松屋，包装纸由龟仓先生设计，整体上尝试向消费者介绍好看又具有都市感的设计，我比较中意他们家。

虽然当时哪里都是这样，但资生堂宣传部的主要工作是制作杂志广告。那时报纸的广告费非常贵，资生堂也只有在正月才会刊登大篇幅的广告。而电视还没普及，电视广告也没多大效果，报纸和杂志广告自然成了主要的宣传媒体。那个时代，报纸和杂志的数量越来越多，广告逐渐开始以照片为中心，而照片也逐渐彩色化。

我进公司的时候，资生堂的新年海报由山名文夫先生负责。山名先生当时已经是泰斗，在资生堂也是居顾问身份。他偶尔会帮我们新人看看设计，给些批评，而能得到他的指点就让人很高兴。

我在宣传部主要负责包装设计。山名先生会用细线条的蘸水笔绘出女性，而我完全做不出像他那样高度的广

---

[1] 成立于1947年的美术团体，会名有"开创战后第二纪元"的意思。主张不以流派的新旧来论美术的价值、尊重有创造性的发现、公平选拔新人等。

告。我是以差不多一周一张的速度，给地方上的化妆品店设计包装纸。当时的我很享受这样的设计生活。

跟我同期进公司的人里，有比我早进半年的水野卓史，他以山名先生为师。他父亲在大阪经营设计图案的公司，也和山名先生有交道。水野进公司后，先在大阪分公司工作了几年才来了东京。

化妆品以中村先生为中心，好像总体上都是由多摩美[1]的前辈负责。然后还有位青木茂吉先生，当时负责牙膏、肥皂这些非化妆品的商品。在中村先生他们看来，我们都比他们小十岁左右，还只能算是见习生状态。记得我当时完全躲在自己的世界里，只管干活。基本上没有什么与他人合作的部分，也就是说，离和造型师、摄影师、文案人员一起干活的日子还早。在一段时间里我都处于一种不上不下的状态，虽然也为《Chainstore》和《Marketing Labo》这些公司内部的杂志画一些小插画，总之，怎么说呢，就是成天做一些可有可无的工作。

不过，也是因为这些公司内部的网络，我认识了日后成为《花椿》总编的一些人物，这很重要。当时的《花

---

1 即多摩美术大学。

椿》还是一份不太有趣的杂志，而我知道杂志的有趣之处也是在那个时期。

刚进公司的那段时间，我似乎是在公司里被列为了"特别关注对象"。因为呢，我当时不要说是公司的工作，就是上面直接派下来的工作也没有去努力完成。做这些事我总是提不起什么劲。这么说吧，我当时可以说是个挺差劲的员工。

所以我和江岛、福田三个人一碰头，就只有"公司实在是太无聊"这个话题。然后话题又会变成"那不如我们三个来搞一场展览？"，一直聊到兴致高昂。江岛当时给文化服装学院做非签约设计师，而福田则是味之素的正式设计师，不过进公司也只刚到一年。我们几个任性的二十四岁。

当时日宣美总是在高岛屋办展，所以福田说："要办三人展，就要在丸善[1]办，时间上还得和日宣美的展期撞在一起！"而展示内容，我们先定了海报。上野有一家叫"酒悦"的佃煮[2]老店，我们仨各自为它设计了海报。记得

---

[1] 日本老牌书店，由福泽谕吉门人早矢仕有的创办于1869年，初期以介绍西洋文化、学术而著名。丸善与高岛屋地点相近。
[2] 将食材与酱油、白糖一起煮到水分收干的烹调方式，可以延长食物保存期限。

我自己给店里画了五六张手绘的海报，也做了丝网印刷。实际上，我之前和电通[1]一位有名的艺术指导——太田英茂先生合作，为酒悦做过项目，为他们做过包装和火柴的设计。顺便一提，太田先生是昭和初期被称为广告之神的人物。除了海报，我们还做了各自喜欢的东西在展会上展出。也因为当时几乎没有以设计为主题的展览，所以记得评价不错。

为了宣传展览会，我们做了三折的折页，照片全部是请当时在照片上很下功夫的胜井三雄先生帮我们拍的。当时胜井先生还在味之素。他荣获日宣美特选奖的作品，用的也是把黑白照片的高光部分删去，然后将几张这样的照片重叠在一起的手法。比起画画，东京教育大学（现筑波大学）毕业的胜井先生可能对处理照片更为得心应手。

---

1 日本最大的广告公司，在中国也有分公司。

在资生堂三年，进 DESKA[1] 一年辞职

三人展之后，我开始为松屋做一些设计的零工。有一位看了展览的向秀男先生，帮我们在他公司打招呼说"要用这个三人组"。向先生算是龟仓先生的弟子，当时在松屋工作。他想要改变松屋广告的风格，就来拜托了我们三个。而这种事情也不可能通过资生堂，于是我就以打工的形式来做这份活了。不过就打工而言，这是个大工程。

当时的百货公司，会制作报纸尺寸的夹页传单，上面会用双色印刷登载的一些诸如打折消息的内容。我们三个就轮流负责制作传单，以及电车里的悬挂广告和报纸广告。一个月一次的报纸广告上的插画，有时候是福田画，有时候是江岛来画，向先生来负责排版。我虽然有时候也会画插画，但会被说"乌漆墨黑的，太厚重了"之类的，基本上没怎么被用过。

---

[1] DESKA 是 DESigners Kono Associates 的缩写。Kono 为河野的日文罗马音。

这份工作每次都必须在一个晚上做完。每次都是前一天去松屋的宣传部，用剪刀裁下照片需要的部分贴来贴去，还要加签名啊加文案啊什么的，相当辛苦。

当然，一边作为资生堂的员工，一边又在外面打工，对公司来说是不太好的事。不过，我觉得是因为资生堂有让年轻人去挑战的风气，所以当时才会被容许。

还有一件让我觉得在资生堂真好的事，就是那里的资料很多很全。日本桥那边书店的阿姨，每次都会像行商一样背着好大一个包，把好多书运到宣传部来。里面一大半是欧美的书，几乎没有杂志，不过只要标上自己想要的书，公司就会当作资料给你买过来。而且只要是好书，就算很贵也会下单，因此部里的书籍资料真的是很充实。不过也因为这种选书的倾向，杂志都是我自己出钱买。《ELLE》呀，还有意大利的建筑杂志《domus》呀，美国的赫伯·鲁巴林（Herb Lubalin）出的《EROS》《fact》，还有《Esquire（时尚先生）》，我都特别喜欢。比起平面相关的书，我喜欢的大多还是建筑杂志还有时尚杂志。

虽说可以在外打工，资料也很丰富……可那么好的资生堂，我干了三年就辞职了。要说原因，可能是感觉有点难待下去。中村先生总是比较晚上班，拜他所赐我也总能晚点去公司。不过某一天，中村先生突然开始早早去公司了。这么一来，整天迟到的人就只有我一个了。受不了早起也是我辞职的重要原因。当时我又被河野先生邀请，已经决定要进DESKA了，所以也没有什么犹豫。

DESKA呢，是河野先生召集了福田、江岛和我，还有我们的前辈日下弘先生之后建立的综合设计公司。在LIGHT PUBLICITY[1]、日本设计中心成立之前，河野先生就已经开始说"之后不是一个人搞设计的时代了"。正如他所说，之后的广告逐渐开始以群策群力的设计为主流了。

DESKA开始运作后，由福田做平面，河野先生负责广告，大家以这种感觉进行分工，而实际上却没有什么要我干的事。于是我就举手说"我来负责立体方面"。因为是木匠的儿子，我对尺寸等立体方面的知识并非一无所知，于是我开始在方格纸上画设计图什么的。当然，最后施工方面的专业人员会来帮我做成图纸，所以就算是门外汉也总能勉强过关。

说是设计图，基本上就是设计国际展览会啊，世博会

---

1 1951年成立于东京银座的日本第一家专门做广告的公司。

的迷你版本，或者是对展示相机、汽车这些东西的空间进行设计。工作方向用最近的话说，算是展陈（display）或是showroom。花一天布置空间，然后花上一周或是十天左右给大家看展，之后就撤掉。虽然和我现在的设计工作很不一样，但我很喜欢当时的工作。

尽管被河野先生告知禁止打工，但在DESKA没法做平面设计，我还是背地里做了不少杂志的设计工作。虽然公司要求我专注于立体方面的设计，可由于我基础不好，经常被告知"这么重的东西没法建"之类的话。因为这样，我逐渐还是想做平面设计。当然，当时工资不高也是原因之一。

就这样，我也没有特意去商量，说了一声"辞职啦"就离开了DESKA。我在那边只待了一年左右。福田和江岛也感觉到了类似于理想与现实的不同，在我之后也辞职了。河野先生毕竟是艺术家，江岛和福田做的东西很难称他的心意，我想这也是原因之一。

设立仲条设计事务所

1960年离开DESKA的时候,我二十七岁,和山城先生、龟仓先生、原弘先生他们设立日本设计中心是差不多的时候,所以当时实际上曾有"要不要来设计中心"的邀请。不只是我,当时有好几个自由设计师都被招呼过。面试的时候他们告诉了我待遇方面的情况。龟仓先生当时说:"你刚从河野先生那边辞职对吧?那边只是个人事务所。我们这边完全不一样哦!"不过对此我回答:"我觉得河野先生也是对设计有自己的理想和想法,才创立了DESKA这个组织的。然后嘛,我觉得刚辞职就马上进别人的公司也不太好,会有一种我只是为了钱的感觉。"拒绝了入职。

当时的我并没有觉得自己能独当一面,我也知道自己做不好。尤其是广告这门行当里,存在着广告的方程式。有人会做广告,有人不会。胜井先生算是不会的,原研哉可能也不会。我自己也是不会的。或许可以说我身上欠缺那种对广告的感觉。后来，我感觉自己果然还是喜欢杂志。

就这样，我有一年半是无所属的状态，一直在池袋家里做事情。偶尔会有年轻人过来打工帮忙，但基本上都是一个人做事。我会帮讲谈社的《年轻女性（若い女性）》这本月刊杂志排排卷首插图等，杂志相关的工作比较多。然后就是帮连锁鞋店做装饰品、传单还有小册子等一系列的设计，算是一点一点地做着工作。

因为是顺其自然地成为自由设计师的，我知道自己没有技术，差不多是后来一起做《花椿》设计的村濑秀明君能随口说出"仲条水平不太行呢"的程度。

资生堂时代认识的做电器的朋友，总会来我池袋的家里玩，他跟我说"在这种地方干活，会慢慢变得不行的哦""银座那边有一大堆很好的客户，还是去银座吧"。于是我为了筹办股份公司所需要的五十万日元，从老哥那边借了十万，从认识的搞摄影的朋友那边借了十万，又从当时资生堂的会长福原信义先生那里借了剩下的三十万，然后开办了公司。虽然很不好意思，但全部资金，都是从别人那里借的。

于是 1961 年，仲条设计事务所成立，地点设在银座靠近京桥一侧。阵地转移到了银座，不久便有在京桥的明治制果的前辈和后辈来委托各种业务。银座的事务所在昭和大道[1]往里面一条的小路里，位于牙科诊所大楼的二楼。面积非常之小。当时在那里一点一点开始做量达几十页的排版，又因为在明治制果上班的艺大后辈的关系，帮明治制果做包装设计。就这样空间已经不够了。将来还想搞立体设计，虽然没有广告的业务，但还是想做平面设计，这样一来怎么想空间都不够。于是在那边做了两三年之后，我搬到了麹町[2]的老楼里面，在那里干了将近十年。

仲条设计事务所搬到麹町是在1963年。最早招人，是有一位在JVC[3]做平面设计的艺大后辈正好辞职，我就问他"要不要来我这边"。之后，也有自己开的做装饰相关的公司倒闭了，想来仲条设计事务所的人。就这样员工增加到了六个人，从商品包装到陈列等，比较广泛地展开了业务。

员工不是我的后辈就是比我年长一些的前辈，我注意到的时候，发现大家都已经结婚了。而我结婚是在搬到麹

---

1 日文名为"昭和通"。
2 距离银座四五公里。
3 即日本胜利株式会社，为日本著名消费性与专业电子企业，公司英文简称为"JVC"；中文官方译名为"杰伟世"。

町的两年后，是当时员工里面最后一个结婚的。实际上，这并不是件很好的事。

怎么说，大家的想法和事务所刚开始的时候相比，逐渐发生了变化。总而言之，"为了公司持续下去必须得赚钱"，大家逐渐开始将这件事放在首位。结果变成了"即便业务没什么意思但总之先接了"的状态。当然，工资是必要的。不过渐渐地，大家整天都在聊高尔夫，办公室里也铺上了地毯，大家没事还在上面做挥杆练习什么的。

我呢，对这种状况实在讨厌到不行。我把活字相关的书还有放大机、透写台等机械类的东西就那样放在事务所，突然留下一句"我退出这里"，就走了。留下了仲条设计事务所的名字，只有我走了，于是便诞生了仲条不在的仲条设计事务所。公司似乎很快就改了名字，对此我不太清楚，似乎剩下的员工在那之后还干了几年。

因为发生了这样的一些情况，麴町的事务所就解散了。重新回到银座是在1972年。我在MAGAZINE HOUSE[1]的后面重新构筑了一个小小的新的仲条设计事务所。

---

1 日本杂志出版巨头，1983年公司名称从"平凡出版株式会社"变为"株式会社MAGAZINE HOUSE"。

我在这家事务所里做了很长一段时间。不过进入八十年代，那栋楼的持有人突然把楼卖给了不动产商。当时是泡沫经济时代，做不动产的人那时应该是在大肆收购银座这一带的房子。也曾发生过这样一些事情——跟我在同一栋楼里租了别的房间的人，只是有一小段时间没来，房间就被换了钥匙进不去了。在打了一年左右官司之后，我拿到搬迁费后便搬了出去。

之后搬去的地方，就是一直用到2018年年末的麻布台事务所。在麻布台这里，合起来干了有二十年以上了。

《花椿》的工作不期而来

前面不小心讲了一大堆事务所的事情,总之就是我在和各种各样的人打交道的过程里,经历了一些个人的波折。

时间倒回前面,来讲讲《花椿》的事情吧。我担任《花椿》的艺术指导一直到 2011 年,而最早有相关工作联系过来是在 1967 年。搬到麹町是在 1963 年,所以也就是麹町时代之后的事情。对于参与《花椿》四十多年这件事,我自己也很吃惊。而之所以开始做这份工作,也是好几个偶然事件共同促成的。

当时在资生堂的销售推进部门有一位山田胜巳先生,他负责制作的一本叫作《Chainstore》的宣传杂志连续获得了平面设计方面的奖。于是,宣传部负责做《花椿》的人们,情绪上应该是感觉到有些不平衡了,所以有好几位编辑和文案策划从《花椿》辞了职。而资生堂方面,则采取了"从销售推进部门调山田去宣传部,让他做《花椿》"的动作。这位山田先生是个喜欢设计的人,而我当时也还在资生堂,在我给销售推进部门的《Chainstore》和《Marketing Labo》帮忙的时候,他负责的是《Marketing Labo》。在那之后,他把《Marketing Labo》交给了年轻人,自己去做了《Chainstore》的总编。他就任后,杂志用的纸也变好了,印刷也变成全彩。他一定是个很会分配预算的人吧。

还有,我从资生堂辞职的时候,山田先生曾找我商量:"仲条,你走之后找谁来负责《Chainstore》的工作比较好?"我当时虽然回答"那只有村濑了",但其实我在宣传部和村濑君只共事过一小段时间。另外,村濑和中村先生不太合得来,又喜欢顶撞公司上层,还会在银座换着酒吧喝酒不付钱,性格上感觉有点缺陷。不过他倒是年轻又很有才华。而且我之前也听说山田先生已经找村濑君做过各种事情。

当时的资生堂基本上是不用外部设计师的,不过得到公司命令"《花椿》可以放开做"的山田先生,首先就去找了已经离开公司的村濑君。结果村濑君跟他说"要是仲条先生也去的话,要我参加也行"。一开始山田先生问我要不要做杂志的时候,我虽然想的是"定期做杂志肯定很麻烦"，不过听说这回事之后，还是回答"好的，我干"。所以我能做《花椿》的设计，完全是托山田先生和村濑君的福。

那个时候的村濑君帮帝人[1]做了非常好的报纸广告等，已经非常火了。不过，他是个会像牛马一样驱使模特，还会把摄影师一整天关在工作室里，一直说"这种照片可不行"的人。可以说是有点虐待狂还是什么的感觉了。不过我挺喜欢村濑秀明这个人的，是那种天才，或者说是高才生感觉的人，所以村濑君讲的那番话让我挺高兴的。

就这样，我和村濑君两个人开始了《花椿》的设计。说是这样，但其实没有多少资金，做完整本也就那么点钱。我们两个当时以特辑的八页或是四页为一个单位，两个人分担工作。

即便如此，在离开麹町事务所的时候，我还是说了"总之《花椿》这个项目我带走了"才离开的。其他所有项目都丢下了，果然《花椿》还是得特别对待。不过我也是完全没想到能帮它做那么久的艺术指导。

---

[1] 即帝人株式会社，成立于1918年，公司业务范围广泛，主要涉及芳纶纤维及碳纤维的高性能纤维·复合材料等领域。

仲条正义与我

不动的仲条主义与《花椿》

平山景子（编辑）

我一开始就是想做编辑工作才进的资生堂。当时《花椿》是属于宣传部的，而我当时对设计一无所知。是这里的工作让我了解到了设计师的工作，以及广告是什么，是一段非常美妙的体验。我进去的时候仲条先生已经从资生堂辞职了。听本人说，他是因为早上不太起得来，没法八点半准时打卡，于是进公司两年就辞职了。即便如此，他还是宣传部设计师们所尊敬的对象。

资生堂内部最早承认仲条先生才能的，应该是《花椿》的前总编山田胜巳先生吧。山田先生在其他部门工作的时候有和仲条先生共事的经验，所以当他赴任《花椿》总编的时候，就马上把仲条先生拉了过去，是意气投合的二人组呢。山田先生之后被调去当"THE GINZA"[1]的社

---

1 资生堂旗下子公司，初期（1975—2002）业务是时尚概念专营店（fashion boutique），后转为高端化妆品品牌。

长，仲条先生则继续负责《花椿》的工作。而同时仲条先生设计了"THE GINZA"的logo，还开启了其他新的项目。

为《花椿》制造存在感

我刚加入的时候，《花椿》是不足四十页的小册子。虽然页数很少，但是仲条先生一开始就想着要让这小册子有存在感。当时，虽然《花椿》的发行册数有数百万册，不过读者到底是不是真的有兴趣阅读，这一点还是多少存疑的。他应该是想为《花椿》找到和资生堂打出去的广告所不一样的独自的"路线"。应运而生的，则是"视觉娱乐"这一概念，是以设计为中心的设想。仲条先生当时经常说"比起用一千字讲故事，不如用一张照片来传达""在一页里加进十页份的素材"，可以说是为页数不多的杂志而专门下的功夫。还有比方说，"一个主题在视觉上不够强烈"的话，就放弃这个主题，等等。以视觉为中心，要做出只要看一眼就难以忘记的图像，这是仲条先生的追求。他就这样为新生的《花椿》开拓了变革的道路。我觉得这也很有拥有长久设计传统的资生堂的风范。通过艺术性的感觉来表现那些经由我们的意志筛选出来的、新鲜且多种多样的素材,这是我们想要向外界传递的内容。不过现实中,让读者理解这些东西花上了一些时间。

有一天我去事务所的时候,仲条先生正在做杂志版面的草稿。当时还没法知道最后会变成什么样子,但"搞出点新的东西"的热情是能传达到我这边的。《花椿》是一本没有现成样本可以参考的杂志。但是我们想要做一份哪里都不曾有过的杂志。

通行万国的设计品味

以时装为题来做"视觉娱乐"的想法,在1977年以资生堂举办的时装活动"六个人的巴黎"为契机成功落地了。活动将当时还是新人的蒂埃里·穆勒、克劳德·蒙塔那、让-夏尔·德·卡斯泰尔巴雅克等六位设计师一起请来日本,在全国五处举办了仿佛巴黎时装周的时装秀。仲条先生说:"这不错,就这么弄,因为我特别喜欢时装。"

这次活动让资生堂和巴黎时装界各个领域的人彼此建立起了联系。时装有一种爆发力,因为它处于流行的最前沿,可以创造出超越音乐、电影、建筑等各领域的新世界。仲条先生应该是想通过时装这种充满活力的"视觉"门类，让《花椿》的读者惊艳地说"哇！"。

我开始去巴黎时装周是在八十年代初，当时的资生堂还没在巴黎开展业务。其实是考虑到要进驻巴黎，才做了"六个人的巴黎"的展。当我把《花椿》拿给巴黎的设计师们看的时候，得到了"这本杂志很有趣呢"的回应，因此采访申请也从没被拒绝过。我想是因为即便读不懂日语，《花椿》的设计也一样能直达对方心里。

巴黎时装周的采访之后，以时装为主题组织特辑的情况逐渐增加，我们也以时装为素材，逐渐能够展开从未有过的大胆挑战。在巴黎拍外景的时候，正好是巴黎时装周，仲条先生看了让-保罗·高缇耶的秀，对其过人的娱乐性啧啧称叹。

1989年，梅森·马丁·马吉拉登场。他对观念艺术式的时装的尝试，给了年青一代很大的刺激。他将古典的服装解体重构，又赋予其一些崭新和诙谐的元素。某天，我和仲条先生一起访问马吉拉的工作室，发现那里所有的房间都被油漆刷成了白色，仲条先生很惊奇，说道："连地板都是白色呢。"想必马吉拉的创意与意志之强大让他也产生了共鸣。在那之后，仲条先生不管在巴黎还是在东京，都会买马吉拉的夹克、衬衫、外套和鞋子。他应该对马吉拉的衣服有特别的热情。

本人是最乐在其中的

拍外景的预习准备，不论去国内还是国外都很花时间。摄影师、造型师、发型师自然不必说，有时还会有最初没有设想过的人参加到摄影过程里来。仲条先生很喜欢"意外发生的事情"，有时甚至会去等它出现。另外，他作为艺术指导参与其中的同时，也把那里当作能和伙伴们相遇的地方。他会把整个地方的气氛温暖地整合起来，而且会有意识地去用心营造大家能够好好交流的环境。在这样的环境里面，就会涌出很多很有仲条先生风格的想法。我总是很期待这些想法最后变成照片的时候，给人带来的那种兴奋感。

项目一开始并不会指定最后一定要做成什么样子。每次在商量如何编辑的过程中，都会出现各种各样的主意。我们有时会被说"是不是有点太简单了"。仲条先生也会去检查，判断这次的内容是不是过于依赖"新奇度"。主题就会在这样的过程里被一点点定下来，而最终判断的基准，取决于视觉上是否足够有趣。

事务所里，总会放着一捆让人感觉有点怀念的 A4 大小的藁半纸[1]。开会的时候，仲条先生会把自己的想法画在纸上，虽然是草图，但总是非常好理解。我常希望草图上的想法就那样被转换成现实，不过经常是第二天仲条先生的一通电话，就让草图彻底消失了。但相对，主题一旦确定，一直到版面排出来为止，中间都不会再有变动。不只是特辑的版面，给小小的专栏做专门的 logo、标题的颜色和线条……为了每个月都能让读者享受到乐趣，仲条先生会设置各种小机关。他本人一定是最乐在其中的吧。有一次，我问仲条先生，"您看起来似乎没有特别努力呢"，他当场回答，"对的，没有呢"。

大量稀奇古怪的图像

我觉得仲条先生年轻的时候就很成熟。古怪或是看似偏题的想法或是图像，他都可以通过高度的判断力和知性，将它们传达出来。

我从他那里学习到的，还有将自己的想法一直实行到

---

1 即稻草纸，原文作"ワラ半紙"。日本明治初期开始生产的，以棉布布头和稻草（后转为以木浆、废纸为主要原料）制成的半纸尺寸（约 33 cm×24 cm）的纸。颜色发灰，属于容易发黄、不宜长期保存的廉价纸张。

底这一点。他的表现力程度很高，而又追求每次都要达到那种高度。

同时他又不愿被任何东西束缚。所以他比较适合限制比较少的那些编辑工作。仲条先生的世界非常广阔，自由但又非常有深度，到现在我还有好多不了解的地方。

我与他常年一起工作，给《花椿》排版的日子深深留在我心中。事务所里仅仲条先生和一位助手。桌上放着排版用纸、三角尺、切割刀。仲条先生在椅子上盘着腿，就这样，静静开始工作。

（2019年9月25日）

反命题之"别做得太漂亮"

高桥步(创意总监)

简直就是我想创造的世界

一开始比起设计和广告的平面,我更想做做艺术方面的工作。我进的东京艺大设计科传承了叫作"图案科"的时代的脉络,一进去就让大家临摹鸟兽戏画什么的,是进行这般学院派教育的地方。比起设计,学校里的课题主要是要让大家习得绘画和工艺方面的技术。前辈里有有元利夫[1]先生、日比野克彦[2]先生、TANAKA NORIYUKI[3]先生这些明星人物,他们向社会传递着超越设计这个框架的充满刺激性的信息。

在此背景下,Ginza Graphic Gallery[4] 和 THE GINZA ART

---

[1] 日本当代知名艺术家,擅长使用由天然矿石制成的"岩绘具"来创作。
[2] 日本当代知名艺术家,东京艺术大学校长。
[3] 日本视觉艺术家,在从事自己的艺术工作的同时也广泛活跃于影像指导、商品开发、创意设计等领域。
[4] 位于东京银座,是大日本印刷株式会社(DNP)在其创业之地创办的以平面设计为主题的画廊,简称/通称"ggg"。

SPACE[1]举办了仲条先生的名为"NAKAJOISH"的展览。仲条先生所创作的海报、logo、编辑设计和插画,完全就是我自己想去创作的那种世界。

明明是设计却有绘画般的韵味。从那时开始,我开始对也是我艺大的大前辈的仲条先生抱有憧憬。

在那之后,我便开始特别关注《花椿》以及资生堂Parlour[2]的包装等仲条先生的设计。在现在的SHISEIDO THE STORE地下的艺术空间,那里举办的以一些前所未见的独特艺术家的作品为主题的展览给了我很大的鼓舞和刺激。仲条先生的存在和《花椿》的版面,以及画廊的存在方式,这些东西构成了我眼中的资生堂,我也由此产生了"想要在这儿工作"的想法。

首先手要动起来

进资生堂宣传部差不多五年的时候,开始由我负责名为"PN"的化妆品品牌。之前资生堂基本上都是公司内部负责设计,而当时开始有招呼外部的创作者进来以增加

---

[1] 资生堂下属活动空间、画廊,于2001年7月关闭。
[2] 资生堂子公司,主要业务范围是西餐、咖啡店的运营和西式点心的制造和销售。

活力的想法，于是我们请曾是资生堂前辈的仲条先生进了项目。面对当时资生堂最为着力推进的大众品牌的宣传事业，仲条先生好像觉得颇为有趣，所以他那边也是"嘿哟大干一场！"的感觉。仲条先生担任艺术指导，我在他下面担任总设计师。对学生时就是仲条先生粉丝的我来说，完全是想都不敢想的机会来到了眼前。

仲条先生的工作流程是先用铅笔和马克笔画图，也就是首先要动手。这和我之前一直习惯的广告的制作方法完全不同，说实话当时很困惑，但总之，能和仲条先生一起工作实在是开心得不得了。

当时的仲条先生完全是个猫头鹰，他会在太阳下山的时候出现在资生堂，就这样开始工作。他会在他常去的店里买可乐饼和面包什么的，一边说"年轻人吃这个"，一边分给团队的大家。晚上十一点工作结束时，他会说："稍微去喝点啤酒吧！"然后溜进开到深夜的饭店，用放在桌上的餐巾纸画草图，继续工作。

解散后，仲条先生回到家里还会稍微干一下活，然后早上四五点公司的传真机里就会收到"把这个给我加进图片里"的指示。这就是那时的日常。"你们干活好慢啊""快点干完一起去喝酒哦"，尽管有时言辞犀利，但他还是会温柔地邀我们一起出去。一起在巴黎、伦敦、纽约的摄影时光，也是我一生难忘的回忆。

上面讲到的项目团队持续了好几年，大家之间的关系就好像木工师父和弟子一般。虽然之后和仲条先生讲起当时的事情，他总会说"广告的事情当时做得不太顺啊"（笑）。

别做得太漂亮

一开始，我曾被仲条先生这样说过"这个做得太漂亮了""别做得那么漂亮"。仲条先生会有意识地使用一些与常理相悖的元素去引起观看者的兴趣，挑起他们的情绪。为了达成目的，可能会出现文字部分变得不好读等情况。以资生堂宣传部前辈传授的设计规则看的话，这可能是错误的方向，不过仲条先生正是要对这些规则提出悖论。

《花椿》作为一份杂志，文章部分也并不是很容易阅读。不过稍微一想，也不是说易读性高，人们就会去读这份读物。现在世间的风向都朝向顾客第一，但以前的资生堂可是曾推出过让世间惊讶道"啊，这啥呀!?"的产品。最近倒是由于害怕风险，总是畏畏缩缩往万无一失的方向去走。乍一看现在已经变成富有多样性的好时代了，但其实我觉得最近反而是变得难以推出能够引领时代、崭新又富于刺激的东西。公司目前正在追求与传统不同、更有新意的东西，但说不定资生堂长年构建的传统才更富于革新性，反倒是最近搞的东西有种迂腐的味道。

怀旧感与崭新感同在

明明在资生堂工作的时间不长，但仲条先生的设计经常被说很有资生堂的感觉。其中最重要的理由，我觉得应该还是在于他长年担任《花椿》的艺术指导这点。因为这是一份不受销量束缚的杂志，某种程度上是可以为所欲为的。经常听说仲条先生像是背后的总编一般，对特辑的策划以及文案提出意见。不仅限于那个时代资生堂的女性形象、审美，包括时尚及文化等全部在内，仲条先生以其高度敏感的品味在这些方面进行了输出。我觉得当时时髦敏感度很高的人都在读《花椿》。恐怕也就是这般《花椿》的存在，构筑起了人们脑中资生堂等同于仲条先生的印象。

仲条先生常说自己不喜欢庸俗和迂腐的东西，还说设计亦是一种时尚，是反映时代的、活着的东西。而他的时尚感，或是前卫的摄影指导，成为了《花椿》的一部分，也构成了资生堂的一个侧面。

他利落优美的设计品味，也体现在资生堂 Parlour 的包装设计里。他绝妙地运用留白，色彩感觉也是超凡脱俗。仲条先生有老东京的那种时髦感，而又总有些怀旧感。这种怀旧感又和前卫感共存，令他的作品魅力十足。

作为这个时代的艺术家

我总觉得仲条先生果然还是个画画的人。他的所有设计里，都有一种绘画感，还散发着一种手工的触感。一页一页翻阅《花椿》时候，比起像是在读杂志，更像是在看一张张的绘画。色彩感觉绝妙至极，线条与色彩、文字与照片，都被调和为了构成绘画的元素。我觉得大家被仲条先生的设计所吸引，可能理由就在这里。

回想起来，1988年的展览"NAKAJOISH"上也有展示仲条先生的绘画作品，那也非常绝妙。仲条先生曾说过，他高中时曾请画家猪熊弦一郎先生帮他看过画。我想仲条先生应该也是或多或少受到了猪熊先生的现代艺术的影响。我个人希望仲条先生能在今后画更多更多的画。

可以说是老东京的人情味吧，仲条先生创作的作品里渗透出他本人富有魅力的性格，总让人感到其中有一些温暖和柔情。仲条先生总是说，希望永远都有年轻人能和作品有所共鸣。他作品中特别的感觉可能也和这点有关系。

仲条先生一直都在吸取时代的精华，而在根底里则有着非常时尚而俏皮的部分。不过要是和本人说到这个，会被他这样顶回去："我想再固执己见一点，做出又酷又摩登的东西那才好。"（笑。）仲条先生应该是不喜欢套现成模板的。而就像上面那样谦虚地岔开话题，仲条先生还是个有点害羞的人。包含这点在内，我非常喜欢仲条先生。

即便存在仲条风，但他处理各种事情的时候并不拘泥于此。从他身上，我能感到一种综合艺术家的思考和能力。都说在业界，仲条先生花了很长时间才获得了认可。不过像他这样优美柔和地做着创作的人，拥有的能力可能也确实比较难以被捕捉和定义。时代终于追上了他，仲条先生作为拥有独特品味的本时代的艺术家，始终在闪耀，我有这样的感觉。

（2019 年 10 月 21 日）

第二章
设计即文字

文字排版是一种音乐

在设计中,即便不存在非照着做不可的规则,但也绝不是哪里都可以想怎么来就怎么来的。这一点很难把握,却也是设计的趣味所在。比如说我在做文字排版的时候,会思考在做出一定网格感的基础上,再做哪些变化是可行的。

英文排版先姑且不谈,对日文排版来说,网格所产生的节奏感是很要紧的。譬如在不同地方让同样宽度反复出现——通过这类调整来让版面带有一种节奏感,这很重要。另外,首先要弄清如何制造出节奏感,才有可能在必要的时候去破坏它。如此看来,文字排版好似音乐创作。

我给青山的 SPIRAL 做的 logo "SPIRAL"[1] 里,刻意把横向和纵向的笔画都做成了同样的粗细,字距也调成了等

---

[1] 位于东京青山一带的综合文化设施,建筑出自著名建筑设计师槙文彦之手。

距。按照一般的做法应该要调节字距的，当然最后出来的效果也会完全不同[1]。在这个 logo 里，可以看到我对一些地方的调整做得相当随便，而一些地方又以我自己的标准做了严密的调整——我想让符合字体法则的部分与有意脱离常轨的部分在其中共存。

如果按照所谓的法则来做字，一般来说，横画的粗细应该要比竖画细上百分之五或者百分之三。不过由于我自始至终都故意没按这个法则来，最后出来的字恐怕叫人看来会有一种不和谐的感觉，而这种感觉正是这个 logo 的有趣之处。

---

1 在专业文字排版工作尤其是西文排版中，因为不同字符形态不同，经常会根据实际的字符组合去调节两个字符之间的距离，以期让版面看起来更平衡美观。近年的电脑字体文件中，不少都包含有字体设计师预设好的字距调节信息。

通过设计把日历变有趣

我负责设计的资生堂 Parlour 的日历，很久之前就经常被人说"没什么用"，因为日期一眼根本看不太明白。不过日历一年里一直都会看，就算一开始不习惯，过了一段时间自然会知道怎么看。我怀着这样的期待，每年都尽可能用新的字体来做日历。而且一张纸的正反面会设计两种不同的日历，所以我每年也会设计两种字体。

现如今有"Fontographer"这种字体制作软件。Fontographer 有个功能，只要创建出字体的数据，之后再输入文字，就会直接显示对应的字体，不过我没在用。做日历，并不是调节行距、字距那种感觉，而是在整张海报的范围内调整布局，所以需要把海报当作一个整体来考虑字体和行距。有时候，当我想要在企业 logo 的设计里用自己做的字体时，我会将字体数据化并导出，不过并不多。

做日历这份工作，虽然很辛苦但很有乐趣。因为只需要做数字的字体、星期的首字母和月名的英文，字数并没有那么多。而且日历里面，存在不少不能改变的规矩，所以就算每年想做出不同的设计，能下的功夫也只有换字体、稍微变一下文字排版这些。也有像 SUN-AD[1] 的葛西薰先生那样一直以同样的设计来做日历，而且还有大量粉丝的，不过这种事我怎么也做不到。

虽然可能没多少人知道，但我做的字体其实还不少。不过我完全没有卖字体的想法，所以做出来之后就那样扔在一边。我也有自己把罗马字母表的字体做齐过，不过之后意外地没有可以用的地方。也就是说，我自己做归做，但用了一次就埋没在那里的字体有很多。

距我开始做资生堂的日历，已经要三十年了。而我又有很长时间没有在日历里面使用绘画、照片这些图像——基本上只用文字。即便如此，做了好多年之后，会有粉丝过来问："下回是什么样的日历呀？""明年也会设计日历吗？"实在是很感谢。比起实用性，我做的时候更倾向于是在做平面设计，而资生堂和帮忙印刷的共同印刷[2]那边，

---

[1] 成立于 1964 年的广告公司，属于三得利集团，总部位于东京北青山。
[2] 成立于 1897 年的印刷公司，全名为共同印刷株式会社，总部位于东京文京区。

都没有给过"给我那样做！这样做！"的指示，实在是值得庆幸。

拿2013年的日历的反面详细说明一下吧。这一年的日历可能是相对比较好读的。日历里的文字排版看似严密，其实怎么说，有一种不可思议的规则性，又有很多游隙。字体用的是之前办自己的展览的时候，为了排公式和词汇自制的字体。基本上数字部分文字的比例是一样的，为了海报尺寸也能放得进去，排文字的时候我一点点地调节了行距。因为海报尺寸是不能改的，其他能调整的地方也就是四周边缘的宽度了。不过在这种条件下开始排版，有时候会在途中开始变得很顺畅，但也有时会怎么弄都不对劲。不过这种失败中摸索的过程是越做越有趣的。一年十二个月，可以排成左右三个月、纵向四个月，也可以六个月排成两排，也可以像耍杂技一样连成一圈，在这里有很多可能性可以尝试。

就这样，这份日历最后成了不以一周为单位的、横向很长的不可思议的排版。当然，根据月份不同每个月从礼拜几开始，需要几行也各不相同。不过，我把上下的行数调整成一样的，只把用英文写的月名设计成不规则的样子，以期做出节奏感。我当时是感觉，既然行距都一样了，加进去一些别的法则来制造出不协和音会比较舒服，也能成为一种对过于规则的版面的抵抗。规规整整地排成四方形的确能排出漂亮的版面，但其中的节奏感也会比较生硬，毫无轻盈与趣味感。果然，设计里没有趣味是不行的。

西文字母只能凭感觉做

书籍排版中，如果要平等对待日文与西文，就只能把两类文字都看作造型了。说实在的，生在日本长在日本的我对西文字母的历史和背景这些不太可能那么清楚，所以只能是"做西文的话，我只能凭感觉做哦"。

尤其是在设计作品集之类的时候，很多地方都要标双语。一般来说，翻译过去之后，英文的量总比日文要多上一些。这时就无法避免文字区域增减的问题。如果是一面的书页上是日文，另一面是西文的形式，确认字体和字号，还有调节行距和字距都会更难。即便某一处左右对开的页面调好了，是否整本书里的问题就都解决了，此处定下的规则又是否能够通用到最后，这些问题都很让人伤脑筋。

不过实际操作中，我尽量不想改变字号。同号的日文和英文能排得下，是最好不过的了。当然，与此相反还有一种无视字号统一的做法。我虽然也会考虑字体排起来之后的平衡感，但其实读者只会读日文或者英文其中一种，所以就这样各自看起来大小不一样不也挺好嘛。[1]

另外做书籍标题的时候，就算是西文我也想做成竖排。不过我也觉得西文竖排很难做得完美。如何调整不完美的程度，或者说面对违和感，"就这样吧"的设计态度很重要。只要成品作为一种会刺激人神经的设计能够成立，也就没问题了。我自己呢，就算读了西文也基本上不太能懂，只能通过看起来好不好看来判断。我觉得呢，要真正理解西文字母的机微，对普通的日本人来说是不太可能的。

运用西文的时候，要说有什么我个人的习惯，就是我基本上都是用没有衬线的字体。开始接触西文字母表到现在也就一百五十年左右的日本人，没法熟练运用西文字体也是理所当然的。这就和外国人很难完全用好宋体的"走之旁"和"竖钩"一样。衬线体和非衬线体的区别，还有衬线用法的微妙之处，要熟练运用这些对日本人还是有点难的。

---

1 即便字体字号相同，同款字体/不同字体下面西文和日文（包含汉字）的实际大小也未必相同，中西、日西混排的时候经常需要调整西文部分的字号。

设计仿佛歌曲

说到怎么思考英文与日文的组合,我想起一个自己的例子,就是小泉今日子的写真集《小泉纪念鉴》(音乐专科社,1986)的封面。我给封面和封底用了一样的设计,不过一面是日文,一面是英文。日语和英语是完全不同的语言,一般来说不会做这么傻的事。是先做了日语还是英语,我现在记不太清了,也完全想不起来是怎么想到要这么做。不过我记得"超级编辑"秋山道男[1]先生曾跟我说"怎么做都可以哦",我就自由自在地设计了。

要是这本书的英文与日文的设计组合算是成功的话,可能要归功于我把字体当作造型来考虑的成果。当我把文字只当作装饰来运用时,便可以或多或少地无视可读性了。

我在做又有文字又有图像的封面设计的时候,会试着

---

[1] 秋山道男负责过很多方向的杂志等出版物的编辑工作,还包装过人气乐队,他本人说自己所有的工作都是一种"编辑",在八十年代的时候自称"超级编辑(Super Editor)"。

画好多好多次草图，把不同类型的可能性都画出来，然后一直尝试一直修改。在这样的过程中，设计就会慢慢出来，也会突然迎来"啊，就是这样吧"的瞬间。

不只是书籍标题，logo设计也是一样的，大概成形的时候，会从画面那边传来一种"成了一首歌"的感觉。这里不是说设计已经完成了或者还没完成的问题，是一种"逐渐能听见设计的声音了，变成一首有感觉的歌曲了"的感觉。再换个说法，就是设计逐渐有了活生生的感觉，里面浮动出一种生命感。所以即便感觉哪里稍微还是有点问题，我依旧会选择那已经有歌曲感觉的设计。为了这一刻，我会无数次地画草图。在一个劲地画图的过程中，总会有美妙和声降临。做设计的时候，要是过于讲究规则和平衡，并不能创作出很好的作品。只是迎合规则，作品就会十分平庸，而过于讲究平衡，也只会做出不高明而理所当然的作品。这个道理，不去做各种尝试是明白不了的。比起硬套规则，还是稍微错开一点比较好。人也是一样，比起装模作样阔步横行，反而是拄着拐杖走路能在视觉上给人留下更深的印象。

到头来还是用眼睛做选择，需要用自己的眼睛去好好地观察。我觉得只有这样才能做好设计。

关于日语特殊性的思考

我并不讨厌读文章，也会读各种倾向的书。不过横排的内容总是不太能进脑子，所以我自己设计书的时候，除了实在没办法的情况以外，基本上都是做成竖排。我几乎没有在文字排印方面被人夸的记忆，不过被人说过"在文字排版方面有特征"。

如果想要让别人好好读日语文章，字体上用宋体的情况还是比较多。我想有可能是这个字体比较适合日本人的生理习惯。最近的杂志里经常能看见用 Gothic BBB[1] 等字体的情况，我觉得虽然可能也有自身年龄原因，不过对我来说，新的活字实在是有点难读。我给自己还做过"字就用俗气的"这样一刀切的决定，虽然 logo、大标题、小标题不在此范围，但日语的正文我还是觉得老一点的字体比较

---

1 应为"中 Gothic BBB"，森泽字体公司开发的黑体字，适合做杂志正文和小标题。最早内置于 1989 年苹果公司发售的支持日语 PostScript 的激光打印机 LaserWriter II NTX-J，是最早的日语数码字体之一。

好读。宋体和黑体等老字体的好处之一，就在于比如小写假名比较好读。

另外，也有只用固定几种字体的设计师，我觉得这种顽固的人完全可以有，不过我没有这种讲究。排版时我讨厌把字都挤在一起，比较喜欢把行距空开一点。在尽量不动字体的情况下，若是想要有意表现什么，就只能在字距和行距上下功夫了。我的习惯是排空隙加宽百分之二或百分之三的竖排。当然，杂志的大标题和信息页之类事先已经定好格式的地方姑且不论，其他地方我都是尽可能想做比较透气的设计。

顺便说一句，现在文字排版的设计基本上都是用电脑排的，我并不觉得因为这个原因排出来的所有东西都很难读。不过，虽然可能在屏幕上看起来很漂亮，但印刷出来后，有时候会变得很难读。可能是因为出来的字符间距有违和感，可能只是感觉上的问题。看来我就是比较偏好"用长年使用的字体、排出来的行距被调整得刚刚好的文章"。

某一时期，我很喜欢一款叫作读卖新闻黑体的字体，并经常使用。虽然这款字体有点老旧气息，又粗又有点不好读，但我用它排过字距一个全角空格、行距一个全角空格，一百字左右的标题。一般的设计师不会干这种事，因为字距和行距一样的话会不好读，但实际上并不是不能读。至于原因，是因为日语里有特别的阅读习惯，就算字距和行距一样，也不会有人横着读。仅靠日语的习惯和上下文也能让人读懂。

然后，同一版面里同时存在横排和竖排的文章，也是日本出版物的特征。日本的杂志，在同一面对开的版面里，会同时存在平假名、片假名、汉字，还有西文，以及西方数字和汉字数字，这很普遍。能横竖自由排版的，也就日本和中国等很有限的几个地方。以前的日本，还有从右往左读的横排和从左往右读的横排共存的时代。另外，竖排的日文里含有顺时针 90 度旋转的西文，现在的人也完全不会有违和感。不管怎么说，日文的排版是需要放在这样特殊的文化环境下来考虑的。

有兴趣的话就会读

在为杂志排版的时候,我会想,杂志里面的每篇文章,恐怕只有一半的读者会读。就算买下杂志,会全部读一遍的人应该也是没有的。想到人们一般只会读自己感兴趣的文章这一事实,也就是说只要读者有兴趣,就算文章有点不好读也会读下去。

比如 MAGAZINE HOUSE 的杂志里,就有好多字很小的文章。经常能看到一些就算戴上眼镜也读起来很困难的文章。不过因为杂志也不是圣经,如果只读感兴趣的地方,挑着读也没关系。想通这一事实之后,就会明白为什么那样不好读的版面也是行得通的。

杂志设计中很重要的,是做出能勾住读者视线的地方。我做设计时还秉承这些原则:照片的解说文字这些,能不加就不加;即使要加上必要的作者信息,也尽量不让它引人注目。因为只要照片很显眼,读者反而更有可能产生兴趣去阅读解说和作者信息。

排文字的时候，我以前有一段时间，为了让最后一行文字的长度不低于一半，甚至会拜托作者去补写一些内容。但现在的我已经觉得这种事情怎么样都无所谓了。我开始觉得，最后一行的文字有点不够也没问题，倒不如说那样反而能把一字一句的重要性传递给读者。把设计控制在这种程度或许比较好。

通过纤细的组合来传递细腻味道的设计，我是不太擅长的。甚至可以说，我不喜欢这样。我擅长的是把想要表现的图像，尽可能"砰"的一下表现出来。比起讲究琐碎的细节，我觉得考虑怎么把画面整体弄漂亮才比较重要。所以我排字的时候，会尽量不让文字产生沉重的感觉。可以说，我想要做出一种很畅通的感觉。用有厚重感、体积感的字体时，我会更加注意不要密排，而是有意识地空开字距、行距。根据排版方法，版面会看起来沉重或是轻盈，如果是设计文学全集之类的内容则另当别论，若是杂志，我还是会注意视觉上的轻盈感。

为吸引读者注目的违和感

设计杂志的时候，必须要重视文章的大标题和章节小标题的设计。小标题的内容，必须要能被读者好好看到。所以对于小标题用什么字体，我几乎没有什么特别的执着。而在文章标题上，即便自己感觉没那么称心，我也会尽量用能吸引到读者的字体。这样一来，用到的字体大部分都是不合我自己的趣味的字体，不过这样也好。

不如说，存在这种在我看来有点违和感的地方比较好，越奇怪越好，排得太漂亮的话，会使得文章被直接略过，无法停留在读者视线里，读者反而不会去阅读。所以偶尔出现的标题文字的间距被调得大到不自然的地方，并不只是我的喜好，也是因为我觉得这样能让读者注意到。只要不是非常难以辨读，有一点违和感反倒恰到好处。

当然，如果文章长到有几十页的话，页与页之间气脉的流畅是很有必要的。就算有人要求我"就这部分的文章，你改一下字体大小"，我自己也是不想改的。所以做书籍设计排版的时候，把文字靠近切割线，或是把上方的空白调大，或是在下方加入脚注，我都是不喜欢的。若是要追求气脉的流畅，做普通一点就好，做基本一点就好。

与此相对，封面做奇怪点我倒觉得无所谓。因为读者首先会看封面。而读的时候，内文和封面即使是两个世界也没人会在意。参照封面的设计，把内文也做成同一个风格，这种思路反倒令人觉得真是傻里傻气。

我讨厌在正文上太下功夫，对杉浦康平一派的做法也就喜欢不起来。我和杉浦先生基本上是一个年纪。他很早就拿到了日宣美的奖，那样酷酷的又有理论感的设计，让我感到了"啊，时代变了"。当时还有石冈瑛子等人涌现出来，像我这样在插图里面加上文字的设计就开始显得有点古旧，令当时的我感到非常挫败。

杉浦先生的设计和我完全不一样。那个人的排版既致密又精心。比起那种全神贯注的设计，我体质上更适合散漫类型的。他是个博识的人，所以设计里也能看到理论性。这一点说实话我是怎么也比不上的。不过杉浦先生在逐渐被神化，他的追随者们也对杉浦风有很深的执念。

恐怕杉浦先生一派是为了对抗西文的字体，所以做出日本式或是亚洲式的字体和排版方式，有一种想给世界看一下志气的气概。杉浦先生的《银花》实在是很好的作品，而他作品中我觉得最好的是《传闻的真相》[1]的封面。很多书籍设计里可以看到的"我努力设计了正文"的感觉，我总觉得有哪里不对。

除了杉浦先生，从他的脉系走出来的其他人，很多也走得太发烧友了。从杉浦先生这条根源分支出来，有人成了地图一派，有人成了精密画一派，很多也倍受追捧。但过于讲究，我喜欢不起来。

不过，他们可能是结果上变成了那样。我觉得用杂志打比方的话，就是应该优先的不是设计，而是对照片和插画的处理，还有编辑的内容这些。

---

1 创刊于 1979 年的月刊杂志《噂の真相》。

通过手写做字体的办法

我进资生堂的时候，资生堂设计师全员都被要求学习叫作"资生堂书体"的字体。一边看着样本，一遍手写模仿。当时的前辈，字都很漂亮。不过像我这样嘴上说着"我其实想当画画的"、不太能做这种工匠活的人，对要做这种事情感到很难受，我觉得自己一辈子都做不好，于是说着"这种事，怎么做得了"，就没有好好学。我那时想的是，比起自己描画字体，排一排厉害的设计师做的字体不是更好。到头来直到现在也有这种倾向。当时周围的人肯定觉得我明明是新人居然还那么任性。河野鹰思先生对活字非常有讲究，所以我进了河野先生的 DESKA 之后，还是不得不手写字体，虽然写得水平很臭——实在是不擅长啊。

之后给企业做海报设计的时候，也被委托做了成套公司名 logo 的项目。这样一来，我感到自己不得不好好去制作文字了。

当时日本的企业名 logo 不太允许有太强的主张，有一股必须做成中立感的风潮。记得当时大多数日本企业的 logo 都是日文黑体，然后写得大大的。还记得是某款照排黑体加了平①（平体百分之十[1]）的情况很多，哪里都是一样。当时的环境是通过图形标志来表现主张，而不通过公司名称来表现。

我做 logo，现在也是在方格纸上写画，以前是先画在方格纸上，然后拍照放大了来看。不过这么做开销很大。公司名 logo 之类，是先画在差不多 5 厘米 × 5 厘米尺寸里面，然后拍好几张照片确认情况，要花不少钱。

当时能在日宣美得奖的设计师，如果是在企业工作的人，可以动员有业务关系的印刷公司，虽然不能免费，但可以用摄影器材。对当时的设计师来说，拿到日宣美的奖，有大于 JAGDA（日本平面设计协会）新人赏的价值，所以参赛方都很有热情。我很早就是日宣美的会员，所以对参赛没什么干劲，不过有时候会出展。

我在日宣美做信息海报的那个时候，不知道具体什么时候开始，用现有字体的人越来越多。这么一来，我对字

---

[1] 纵向压缩到百分之九十。

068

体也有了自己的一些感觉。像是 Alternate Gothic 有点太粗不适合排版，Helvetica 和 Reverse 还不是很常用，Futura 也不适合排版，等等。现在我也会用 Helvetica。不过这个字果然还是有一种太紧的感觉，不太适合排正文。排西文的时候，如果是有点学术性质的文章，还是要用 Roman 体。

有名的艺术指导和平面设计师里，非常擅长某些字体的大有人在。葛西薰先生，对如何让人把内容读进去这件事，有非常多的思考。浅叶克己先生虽然也会自己做字体，但他在宣传语的正文文案中经常用森泽的字体。就像这样，有名的平面设计师都有自己常用的字体。细谷岩先生的话，好像英文只用 Century Old。Calorie Mate 的 logo 实在是杰作。其他还有比如说森泽的字体稍微变成斜体一点，看到就大概知道是井上嗣也先生的设计。井上先生除了 Parco 的广告，是个很少自己去做字的人，我有时候甚至会瞎猜他是不是觉得其他字体都不太好用。

不管怎么说，我执着于某些特定字体的意识，比起其他设计师来说要弱。这可能是因为我比较以编辑为中心吧。

日本人设计师应以此为目标的文字

前面虽然说过日本人要理解西文字体还是很难的，不过即便是日本人设计师，还是有在海外活跃、做出了各种各样字体的优秀人物。甚至有身为日本人，但去负责伦敦地铁标志的文字修正工作的。不过，我觉得过去伦敦的文字，也很有特别的味道。通过改变字体，虽然整体变好看了，却可能少了一些味道。去伦敦的时候，看到搪瓷的老招牌，还有老房子的门牌，我都有一种眷恋的感觉。虽然时代在变化，也有不得不修正的情况，但这可能是抹杀独特的味道，而选择普遍性的一种行为。尽管这件事可能和是不是日本人没什么关系。

日本人在日本这个地方，要为日本想出怎样的文字，我觉得这个问题在今后会越来越重要。当然，不是说要回到平安时代或是镰仓时代。再往前一点，日语的源流还可以追溯到中国，但并不是说要回到那样的原点。今后诞生在日本的字体，我觉得应该会通过日本人的感性得到各种修正和创作。

虽说如此，日本的文字设计可能只能说历史尚浅。宋体也好，照排的字体也好，现在的设计师还在对它们做各种研究。不过，我并不觉得如今很好读的字体，或是适合文学的字体已经诞生了。

我觉得通过新的语言品味，年轻人可以创造出新的字体。不过和语言一样，字体也并非新的就是好的。最近出现在电视上的字幕还有电影的字幕，工作人员一定是觉得好读才都用的新的字体，不过好不好看又是另一个问题了。作为设计师，这些现象让我思考了很多。我们作为汉字与假名文化漫长历史的后辈，必须创造出更美丽的字体文化，我常常有这样感觉。

Logo 也存在流行

资生堂建立作为商业设施的 THE GINZA 的时候（1974），准备公开募集 logo 和图形标志，我当时表示反对。THE GINZA 是山田胜巳先生作为部长时创建的，名字也是山田先生自己命名的。"不是普通公开募集，我想的是以比赛的形式从知名设计师那边募集 logo。"山田先生表示。而对此我说："不管是世博会还是奥运会，公开招募都没什么好结果呀。反正也是我来当艺术指导，图形标志和 logo 都让我来想吧。"

银座的店面鳞次栉比，那种在圆圈里加上公司名字的 logo，谁都不会去注意，很可能会带来"那家店，是干啥的来着？"的效果。所以我说，比起这种，还是直接把 THE GINZA 这个固有名词做成标志比较好。比如圣罗兰（YSL）就是以这个思路设计的 logo。就这样我把大家往做标志的方向引导，和川崎修司先生一起合作做了设计。顺便说一嘴，我最早通过竞赛制被采用的企业 logo 是松屋银座，那是1980年左右的事情。当时，其他的各位设计师都把"松屋/MATSUYA"认认真真地写得很大，不过要我说，"松屋/MATSUYA"这个文字排列看起来非常不好。

当时东京各处的百货店都在学习纽约的布鲁明戴尔百货店（Bloomingdale's）的市场营销方式。当时真是布鲁明戴尔非常闪耀的时期呢。日本做CI（Corporate Identity[1]）的公司PAOS也拿来了布鲁明戴尔的样本说"想做成这种感觉"。上面的字所有的笔画都是一样的粗细。

我虽然试着单纯模仿了一下，可怎么也做不对头。于是本来命名只有"松屋"两个字，我自作主张加上了"银座"，做出了"MaTSUYa GINZa"的logo。当时我觉得反正也过不了比赛，就随便做了。结果可能就凭我的滑头，对方上钩了，就这样通过了。我有时会想，当时其他的设计师，竟然没有抱怨什么，真是怪了。

松屋银座的logo，可以说是我的风格吗？这是一个相对比较轻盈的logo。或许也因为之前的logo是龟仓雄策先生做的，非常有魄力，是一个线条很粗的logo。不过PAOS也做了很多调查，告诉我"这是Heavy Industry的字"。也就是说，那个logo会被说像是重工业相关的企业

---

[1] 企业形象识别。

logo。在那个讴歌"设计即力量"的时代，公司那边应该是想要向更加轻盈、像布鲁明戴尔那样的方向转变。

顺便一提，企业 logo 也是会随着时代老化，或者说是会疲劳的。大企业也是一样，当人们开始莫名觉得 logo 不太好的时候，可能是企业有些不合时代，或是实际经营状况也不太好。所以我做 logo 的时候，会提前留下一些我觉得不必过于精心，或者不完美、有些怪的地方。不过不是专门要做出怪的感觉，会在找到平衡的情况下，保留下"这种程度的违和感，留着也可以吧"的元素。这些会成为 logo 的生命力。logo 有一点违和感，有一点让神经不适的地方反而刚刚好。

给一个品牌整体做设计这样的工作，除了松屋银座，比较大的地方的话还有资生堂 Parlour，以及 1958 年开业、现在已经没有了的东京瓦斯的银座 Pocket Park 等。我还给一家银座的婚纱店做过。好像还是和银座有点缘分。

我果然还是喜欢做 logo 这份工作。很长一段时间里，都是 logo 和标志这些基本上只用单色，偶尔可以用一下双色的时代。在这样的背景下，如果要追求现代的造型，首先以黑白来思考，之后再去考虑颜色——这种模式很适合我的性子。因为现代主义，造型是基本。

有可吐槽之处的设计

不过,也有被说过"仲条先生的设计很复古,挺老派的",我听到了有时会觉得"这可不行呀"。logo 之中,也有装饰主义(Art Deco)、五十年代风(50s)等,存在迎合这个时代的风格确定字体的情况。若是随着这些风潮 logo 倾向也会随之改变,那我是不是也应该更多地变化一下呢。不过,实际上我身上确实存在所有作品的感觉都能被归纳在一个式样下的情况。

虽说如此,但被人讲"复古",尽管不能说是说你能独当一面,但也算是一种评价。可能有点过时的感觉,但可能在哪里正能派上用场。所以我虽然不是有意要以怀旧调调来做设计,但被评价为有怀旧感的时候也没有因此受伤过,也没有想过要有意识地去消除这种倾向。我自然而然就做出了这样的设计。成长时代的氛围之类的东西,可能浸染在我身上什么地方。

另一方面,我的设计还被人说过有可以吐槽的地方。

如果指的是我有自觉地留下的违和感，那被吐槽当然是理所当然的。而我自己也是比起去展示被磨砺的技艺，更喜欢那种有乐趣的喜剧相声之类的"艺"，所以这也没啥办法。讲笑话这种事情的价值持久性可能相对比较短，不过要是能让人觉得这是仲条这个人的个性，那我觉得倒也挺好的。

我自己回顾一下过去的工作，能看见用字的时候，有时会细，有时会粗，有时又是中间，能感到中间存在循环反复。感觉就好像裤子的松紧还有裙子的长短，时尚和过时会随着时代变化循环反复一样。就算自己觉得一直没有变，其实还是一直会去感知那种类似流行的东西。这一点，可能也算是我能作为设计师的资质使然。

卓越字体的诞生要有时代背景

前面我虽然说"现代主义，造型是基本"，但在我的内心，总有一种"追求形态"的冲动。把图像简单化的话就会变得简单易懂，方向性自然也会变得一致。而由此也会产生韵律感，也容易取得平衡。这里讲到的"简单"，是在最近的年轻设计师里越来越难看到的一个点。可能因为用电脑的话，总之什么都能做到，所以工序容易变得过多，不容易看清哪里才是应该好好追求到底的。

我在画草图的时候只要换一支不同的马克笔，logo 的氛围就会变得不一样。所有步骤都用电脑的话，就会变成将定好体格的字体调粗一点，调细一点，或是试着调成长体[1]的操作。如果一开始就用现有的字型来做，就很难在这个过程里产生新的字体。

回想过去，我在很小的时候就很喜欢 logo。进大学之

---

1 横向被压缩的细长字体。

前，我就对设计有兴趣了。比如我虽然对棒球并不熟悉，不过很喜欢棒球队制服的 logo，当时觉得"比起美国的大联盟，日本的制服真的不是很好啊"。实际上，现在大联盟里面球队的 logo，也有很多做得不错的。

以浅叶克己先生他们为中心的 TDC（东京字体指导俱乐部）这个团体里，虽然不多，但是有一些做字的艺术家。不只是广告和平面，有专门做字的人参与进去，实在是很棒的事情。不只是日本，还有海外的做字家。审查过程中，会说"这一块线条的做法很新颖呢！"或是"字体很有整体性"之类的话。我觉得这样能够给人评价的地方，之后必要性会越来越高。不过卓越的字体并非天才一个人就能创作出来，而是有历史准备的时候，自然出现的。长年从事平面设计后，我也觉得是这样的。

从这一点展开去想，排版的时候通过坚持一个法则的操作，可以破坏另一个法则。设计以重视节奏感为基本，但要尽量避免把每一处的拍子都改掉。经常改变拍子的，用音乐来打比方的话就是演歌了，重要的主题容易被多愁善感的情绪带走。在做文章的文字排版时，人的目光容易往版面的中心部分走，如果擅改拍子的话容易有乱的感觉。把文字毫无规则地这里排紧，那里排松，其中的节奏也会很混乱。要举一个不改拍子的设计师的例子的话，就是石冈瑛子女士，她喜欢的版面用照排的话讲就是"13级、字距减1齿[1]"，能形成一种利落清脆的拍子。

拿我负责的日历为例子来说明一下文字排版的秘诀吧。我每年都会设计资生堂Parlour的日历。基本上日历里只有数字，我就会在字体上下功夫让它有所变化。这里很重要的就是，不管什么字体，行距一定要全部统一。通过统一行距这个功夫，可以产生节奏。或许严密地说来这不能叫作节奏，但确确实实会有一种和谐产生。

具体操作还要以网格为基本。这样的话，只要稍稍调整直线、直角这些式样，就会有节奏感产生。本来文字这个东西，就是各有强弱的。认真仔细地设计文字自有一种乐趣，但不过度拘泥，也能酝酿出不同的节奏感和变化。

---

[1] 级（Q）、齿（H）都是照相排版时代日本特有的长度单位，1级/1齿都是0.25毫米。级用于描述文字的大小，齿用来描述字距、行距。两个单位都沿用到如今的电脑排版中。"级"的汉字，是因为1/4（0.25）毫米的1/4的英文Quarter的首字母Q，在日语中与汉字"级"同音，于是取"级"字来表示。"齿"名字的由来，是因为照相排版时印刷机齿轮"一齿的长度"，被设定为"一齿"。

美丽的矛盾

后藤繁雄（编辑）

"你来破坏我来创造"

认识仲条先生的经过非常不可思议。最早好像是在八十年代中期吧，当时我经常和"超级编辑"秋山道男先生一起工作，他和当时《花椿》的总编平山景子女士也是熟人，所以就介绍给我了。我当时给《花椿》写文案，所以仲条先生也已经知道我了，然后策划"善恶对谈"连载的时候，他就指定要我写了。之前我做过采访的工作，不过对谈这种形式还是第一次做，所以挺惶恐的。后来《花椿》上的对谈持续了十一年。

仲条先生会从做画了草图的"台割"[1]入手。之后我们被叫去开编辑会议的次数也会变多。虽然有时会在公司开会，但也会被叫去旅馆开会。因为他是一个在晚上干活的人，所以也都在傍晚才真正开始干活。不过《花椿》编辑

---

1 日本出版界用语，指规定一次性要印刷几页、每页有怎样的内容，即册子的"设计图"。

部的大家都是普通上班族，不是都早上就开始工作嘛。所以到了晚上他们的脑筋都已经疲惫不堪了。这么一搞元气满满的仲条先生的策划就怎么样都能通过（笑）。我也是个猫头鹰，所以能喝酒喝到最后的就我们两个。这种情况下，仲条先生就会跟我说："你给我跑去各种地方把固有观念都给我破坏掉。然后，把局子都扔给我！"还有"你来破坏我来创造"什么的。真是明知故犯（笑）。

通过节能产生具有破坏力的设计

出版《花椿和仲条》（PIE BOOKS，2009）之前，1992年，THE GINZA ART SPACE（现在资生堂GALLERY的前身）曾为纪念《花椿》第500刊而举办展览"花椿Graffiti '50 '60 '70 '80 '90……展"。包含仲条先生没有参加的期数，我把《花椿》从创刊号开始一直到第500刊全部重新读了一遍，选择用杂志对开页来做展示。现在想起来这真是作为编辑积了大德才能做到的事，不过确实有点疯狂（笑）。

因为里面还包含从战前开始其他艺术指导负责的时代，相对于他们，要给仲条先生怎么定位，我是知道的。把新旧重新混合然后重新编辑是我的拿手好戏。仲条先生也觉得通过重新排列而能有新的发现很有趣，对此很期待。我觉得把时间顺序打乱，创造并赋予新的文脉是很重要的。在编辑界，我和仲条先生都是胡作非为的人（笑）。

《花椿与仲条》虽然是按时间顺序排列的，但顺序是仲条先生定的。因为资生堂的企业文化杂志《花椿》是主角，这里的平衡不搞好就会很尴尬。这也是仲条先生的想法：《花椿》并不是他的个人作品集。这也是一种道德素质。《花椿与仲条》中"与"的部分很重要。

另一本我负责编辑的《仲条的不治之症》(Little More, 2002)，是将在 Creation Gallery G8 和 Guardian Garden 举办的展览做成的书。不只是编辑，里面收录的问答也都是由我构思，然后由仲条先生来回答的形式。还有《善恶对谈》(用美社，1993)等单行本系列，九十年代我出的大多数单行本的装帧都由仲条先生负责。照片等素材全部由我收集，然后我们两个人一起来推进制作，十分感激仲条先生能同意这一形式。这时的工作就是一种"共犯"行为。作为代价，我经常被骂（笑）。

1998年日本的美术杂志《古今》(细见美术馆)创刊。版面根据仲条先生的指示，由我和他的弟子林修三一起推进。我一开始就定下彩页的配页之后，仲条先生生气了。

因为设计中最重要的，是不要做多余的事。他当时跟我说"你的意思是要我多做点事吗"，非常生气。当时学到的东西，我现在也很受用。算是醒悟过来了。我意识到如何把一个核心概念坚持到底，这是"仲条设计"的本质。我现在也在和林修三共事，两个人经常讲到之前这件事。这不是多样性的问题，就是不要做多余的事，想方设法尽可能以节能的方式做事，这一点很重要。可以说这是设计的秘诀。这是在知道"反设计"之后，对设计的回归。

讲到节能具体要怎么做，比如小标题可能是多余的。把小标题放在正文开头，只改个字体的做法就是节能。把左右的密度收紧就可以以极少的能量爆发出破坏力，这是仲条先生教给我的。这并非是简洁或是极简主义这么一回事。而是集中以爆发力量，在一点上坚持到底，这是如何发挥出"神通力"[1]的方法。与此同时，因为"设计"需要"理由"，而又需要知道如何针对那个"理由"来进行设计。这也是交出合适解答的方法，是仲条先生的绝招。

比如前一段时间，HB Gallery 的仲条先生个展上有一个关于星星的作品，大家都说"形状很有趣呢，是个

---

1 不同于寻常之力。

很像仲条先生风格的酷酷的作品"。我虽然没有直接问本人，但那应该是仲条先生对美中问题思考的体现。设计可能就存在这样的"理由"。从过去开始就是这样，仲条先生在想主意的时候，会翻周刊杂志等各种东西，来寻找自己必须要做设计的理由。这里能看到仲条先生非常真诚的地方。这个世界上发生了什么，设计才由此随着这个事情发动。在仲条先生看来，仅仅设计自身是不可能自我成立的，绝对。所以，才有刚才讲到的《花椿与仲条》的"与"的事情。对仲条先生来说，没有理由的设计是不行的。这就是设计。设计的道德。

所有的形态都是美丽的异物

我中学时候开始，就可以说是被《花椿》养育大的。后来我进了大阪丰中这个近郊城市的高中，社团是美术部。社团活动结束回家，在一家化妆品店拿到《花椿》，觉得照片和文字排版都很有趣就复印了下来，自己做拼图加工。那时开始，我就一直被仲条先生和横尾忠则先生深深吸引，我的身体就好像是由这两个人构成的。所以，我去东京开始做编辑的工作，后来还能和仲条先生一起工作实在是太令人高兴了。缘分真的很厉害，通过这件事我知道了宿命的有趣。

大家都说仲条先生的设计摩登又时尚漂亮，可真的是这样吗。事情并没有那么简单。而且我并不那么觉得，仲条先生应该也经常觉得"在说什么傻话"。这一点很重要。关于弗朗西斯·培根的画，吉尔·德勒兹曾写过《弗朗西斯·培根：感觉的逻辑》（宇野邦一译，河出书房新社，2016）这本很棒的书，他在书里分析称培根是依靠扭曲展现出了力量。我觉得仲条先生这里也是一样。仲条先生以反样式设计获得了大家的认可。虽然看起来美丽而优雅，但其实是通过扭曲感，以反风格式的作风对消费社会和政治进行反击，从而完成作品。大家经常没注意到这一点。

仲条先生的上面一代人里，有龟仓雄策和山名文夫，那个时代的人本想体验梦幻的奥运会，结果却遭遇了战争。他们当时被要求立刻设计政治宣传杂志的封面，抑或是向德国介绍日本文化的杂志。江户时代，比起设计还是纹章和传统图案更为重要，所以龟仓先生他们的课题是如何把包豪斯式的现代主义和样式融合进日本。还有一点，战争宣传的影响也很大。战前，编辑领域的一大课题，是如何设计国家宣传的内容。面对前辈们此般的设计世界，仲条先生应该总是在思考"我要怎么做才好呢"。

战后日本变为了消费社会，善于消费方面设计的人成了明星，会被认为是卓越的设计师。不过，仲条先生对这一现象应该也心怀疑问。他会说"什么玩意儿"。国家和社会都在向"现代"行进，而人们在巨大的潮流之中被翻弄。田中一光曾做过很"雅"的设计，而仲条先生对这种也抱有疑问，所以他绝对不把"洗练"当武器。反而会做一些扭曲、变形，通过让作品有异质性使作品产生力量，他一直这么做。我觉得这是思考"仲条设计"时候的本质。没办法，就是叛逆。仲条风/NAKAJOISH虽然算是一种风格，但也是一种"反风格、反样式"。所以，他创作的所有的形态都是美丽的异物。

创造美丽的矛盾

2020年是包豪斯100周年。2018年则是马塞尔·杜尚"现成品"概念100周年。也就是说每一百年就会来一次切换。不过在这段时间里，有战争还有消费社会、社交网络等的发展，那个人经常会一边就自己做的事情在这现代社会中算是什么的问题自问自答，一边做着创作。近代的正反面，合理的反面存在着幽灵。他把这份内心的疙瘩巧妙地融入到工作中表现了出来。做仲条先生的作品集《NAKAJOOO 被印刷的仲条》(Little More，1997)的时候，我尤其强烈地感到了这一点。所以如果要用一个词来概括他的创作风格，那就是"矛盾"。说得好听一点就是"美丽的矛盾"。仅此而已。所以我会被吸引。我很喜欢有"矛盾"的东西。

前一段时间我去看了 HB Gallery 的展览，明白了一些事情。简单说来，就是仲条正义不会死的这种想法。要说这是什么意思，就是他一直在说"我今年就要死啦"，但我觉得应该把他当作已经不会死的人，和对年轻人一样尽管把工作委托给他就好。我不再把仲条先生当老头子了。他呢，会活一百年。

（2019年9月3日）

仲条先生可能总是独自一人做着不同的工作

穗村弘（歌人）

谁也想不到的设计

一开始是我去拜托仲条先生做我自己的书的书籍设计。是叫《喂，是命中之人吗》(Media Factory, 2007)的一本书。我之前看见过仲条先生设计的雷蒙·格诺的《文体练习》(朝比奈弘治译，朝日出版社，1996)等作品，心里想着"哇，真是好帅气的书啊"。也是这样记住了仲条先生的名字。

我也知道他好像不是书籍设计师。我心目中的仲条先生是会创作我想也想不到的设计的人。委托设计的时候，我跟着编辑去了他的事务所，出来的是一个十足的老爷爷，他说"可以是可以，不过我做的话会不好卖哦"。我一边说着"不好卖的话会很为难呢"，一边将工作委托给了他，这就是最初的相遇。

我呢，要怎么说，有点喜欢看起来不像书的书。在那之后出的书也委托过平面设计师，比如葛西薰先生、服部一成先生和菊地敦己先生，不过最早是仲条先生。

仲条先生完成的书本实物，明明是手工制作的，却又看起来像是数码的。仲条先生基本上是手工作业，不过通过字体和配色的平衡，让画面看起来好像做过数字处理一般，和我要求的一样，做出了谁也没法事先想到的设计，我当时特别开心。因为我隐隐对平行世界的东西有着憧憬。尤其是文字，往往能象征一个世界，因此某一文字体系的背后，常常贴附着一个世界。比如说英语的背后有着英国美国之类。这一文字体系和世界的对应关系是很明确的，而设计师全新创造的文字背后，则会诞生一个虚构的世界。虽然没有在现实中被可视化，但是对新生的文字孕育新生的世界这一现象，我心动不已。

危险设计师的临界线

作品让人看了会生气，这样的情况不少见。如果是艺术家还好说，设计师的话往往还要考虑客户。因为有客户这个强制力的存在，设计并不是做什么都能被允许的。做得更温和一点，做得更柔软一点，做得大众更能接受喜欢一点，等等，存在这些固定观念。仲条先生是如何在这条路上披荆斩棘，或者说是怎么碰壁过来的，虽然我也不知道，但对他的处理方法，我很感兴趣。

仲条先生负责的点心的包装纸，也不太像点心的包装纸。他使用的是蓝色和银色，有点危险的感觉。作为食品包装来说过于硬核，一般来说在设计时会令人踌躇不定，可仲条先生总能以进攻的姿态做出来。仲条先生当然很厉害，而资生堂也是了不起。能够活用这么危险的设计师在设计临界线上的作品，我反而不得不佩服资生堂。不过，这也是山名文夫时代以来就有的文化血脉。

尽管不可能保证谁都不受伤害，不过仲条先生实在是很"淘气"呢。虽然并不是想让客户和读者生气，但他的生理感觉里，我总觉得有一种要让看的人掀起讨论、感到有趣的部分。

仲条先生在比他小的设计师里很有人气，恐怕也和他的这一性格密不可分。他不会做出沉着威严的感觉，也不会有很了不起的感觉，倒是会有一种不着边际的感觉。巨匠或者大家这些词并不适用于他。他总是和青年人站在同一平台上，有一种能互相竞争的感觉。现在这个瞬间，他也依然是最棒的现役选手，他身上就有这种特别好的感觉。

写一首理想的地球歌

什么样的东西才算是好的设计呢？以我们歌人为例，我觉得为校歌作词这件事有点像设计。为校歌作词的时候，首先要取材，然后在歌词里加入当地的风土，加入对年轻人的激励，再加上积极的关于未来和希望的元素。这样的话就算是比较正确的写法。不过这些元素全部加进去的话，所有的校歌就都会变得差不多。即便风土不同，可如果只是改一下山的名字、河流的名字，还是会变得大同小异。这样，把它作为诗来看就不是很好。造成的后果就是，歌人里面没有人会觉得自己的最高杰作是校歌。不过，大家也会安慰自己"嗯，因为是校歌，也没办法"。大家还是把实际要唱这首歌的人的满足度当作第一要务。

就像不知道真正理想的校歌是什么样一样，要说理想的国歌，我就更不知道要怎样了。要是更进一步，有人要我写理想的地球歌、理想的宇宙歌，因为我实在太不清楚宇宙的全貌，所以也写不了。不过原理上，设计师们正被客户要求做着这样的事情。企业、区域、国家，等等，虽然规模各不相同。

总是提出反论

虽然只是想象，但我觉得不管什么分野，几代之后的创作者他们的创造性，将是基于可以随时重来的创作条件上面的——因为各种工作都能在电脑上完成。"放在这里试试，再往这边靠一靠吧。反正之后都可以推倒重来"这样的感觉。不过，过去人们都是一次就定下成败的。在这一点上，感觉之后还是会有点不一样。早期的电视都是直播，那时我们倒是觉得可以重来几次更好。而把有网络和没网络的时代相比较，还是能发现没网络的时代有特别的有趣之处。那种能一下定胜负的人特有的迫力感，如今确实衰弱了下去，过去的人在这点上更厉害些。仲条先生常说"时间到了自然做好了"，我觉得这种感觉非常有趣。

这是一种反论。仲条先生经常讲反论。他的语言也常常很有趣。他还说"教人会有损耗"。这也是一种相当的反论，因为一般人相信的是教学相长这个说法。教别人的时候会注意到自己之前没注意到的事情，不只是学生在学习，老师也能通过教学学到东西，大家一般都是认为这样比较好。不过仲条先生却说"教人会有损耗"，实在是很有趣呢。

任何时候都有生命力的设计

仲条先生总是非常激进。也不知道用激进这个词到底合不合适,但看到仲条先生的设计,说实话总觉得哪里怪怪的。他所有的设计都很怪,那种怪怪的感觉如果试着用语言来描述,就是感觉设计的一部分好像是活着的并且还在动。而且还让人感觉那个部分是有意做出来的。能做出活着的、脉搏在跳动的设计,实在是不可思议。

我还感觉仲条先生的设计里有一种藏着秘密的感觉。可以说是有一种"谜"的感觉,这一点也能吸引人。"酷炫帅气"的感觉可能在感觉到"酷炫帅气"之后就不再延续,但"总觉得这个怪怪的"或是"搞不懂啊"这些感觉,无法完全收纳进"帅气"的概念里,所以设计会有拥有生命的感觉。

正确的意见无须署名

可以说那是像"永远"一样的存在吗?如果在"教人也是一种学习"这点上能协商一致,这么一来所有事情就都终结了。自己能领会到的地方就是作品的终结点,这点比较好理解,而仅仅这样就没有更多的可能性了。仲条先生的说话方式,总是有着拒绝这种事情发生的感觉。

被委托创作学校校歌的时候,如果无视风土和对未来的希望等普遍的创作元素,会写出怎样的歌呢。每位歌人肯定对此也有过畅想。不过实在太麻烦,而且能取得老师、学生和家长理解的可能性又很低。到头来就会变成"这种可能性还是在我写个人作品的时候实践一下吧"。但仲条先生每次都会试着突破底线。他会试着做到客户那边可能会反馈说"这种校歌没法唱"的程度。

正解或正确性,这些通常只有一种。所以自然科学这些分野,如果有新的发现,正解就会被改写。正解被改写,整个世界也会被改写。而错误就不止一个了,还存在一个人本身固有的错误这种东西。反过来想,就是正解是不能署名的。正确的意见都是没有署名的。"教人也是一种学习"这个想法是正确的,所以也没有署名。不过"教人会有损耗"就是仲条先生的,可以说是仲条理论吧。人总是会无意识地追求正解,还会比较各种所谓的"正确",不过仲条先生可能总是在设计的世界里,独自做着与他人不同的工作。

(2019年10月17日)

第三章
不做完美的设计

杂志应该用图像来吸引读者眼球

做杂志版面的时候，有一点很重要：要用照片等图像来吸引读者的眼球。不过要说图是不是用得越出奇越好，并不是那么单纯的一回事。另外，我觉得自己在作图方面是比较老旧的类型。可以说是比较像以前的做派，或者说是那种让人怀念的时代的品味已经浸润到我的身体里了，所以我的作品里不太会有那种前所未见的崭新的东西。

做杂志的时候要怎么找感觉呢，我有时会先去想这份杂志出版的时期。比如会想"之后就要入冬喽。天气变冷的话，会做些什么呢。要表现寒冷的话，在哪里拍照呢"。《花椿》主要涉及时装，所以季节感非常重要。不过背景和服装风格要是过于一致的话……《花椿》只是一本薄薄的杂志，这样做可能会给人留下只是普通的合作广告的印象。另外，摄影经常是在《花椿》发售三个月前左右进行，因为是春季刊所以就要在樱花下面拍照，这种事情也很难做到。所以呢，让模特在户外穿一般是在家里穿的衣服，或者在家里穿平常在外面穿的外套，我会这样加进去一些非日常的元素。

我开始负责《花椿》设计的时候，很多杂志还不是以视觉优先，而是以文章优先。《花椿》初期，山田胜巳先生是总编，他很喜欢新的东西，也喜欢照片，文章也写得好，是个对编辑和设计有独特见解的人。

设计师的个性是像体质和手垢一样显露出来的东西

一般认为，创作者想要传递的信息如果读者接收不到，那就白忙活了。但有时我会感觉最近大家做的东西，整体上都说明得太清楚了。在编辑过程中，思考页数内容分配的时候，我自己的方针是比起形成一种特别的风格，更应该重视把某一个理念传递出去。有时我也会思考如何像画画一样去形成并实现鲜明的视觉感受。不过设计与绘画不同，一定有什么目的，而设计是为了回应这个目的而做的事。比起那种从身体里流露出来的感觉，设计应该首先重视思考方式，在思考方式上求进。不过就算这样，设计作品也总会流露出一种只有自己才有的某种东西。而这种藏也藏不住、改也改不了，如同一个人的体质，或者物品上积累的各种手垢一般，会自然地表现出来的地方，便是设计师各自不同个性的诞生之处。

相对于广告海报等来说，首先杂志的根本目的就不同。海报若依靠作为素材的照片而具有能够影响大众的表现力，那么就算要付给摄影师三千万日元也值得。这就是广告海报。而杂志的话，则应该最优先考虑诸如怎么选衣服、怎样的风格适合怎样的时代这类信息，预设的受众和所要传递的内容都和广告很不一样。

用特定牌子的衣服来构成页面的时候，会被人说"这和牌子本身的形象不一样"，所以牌子我尽量是混着用的，有时还会加进去古着[1]。《花椿》经常会用造型师山本 Chie 女士，她总是能帮我们搭得很好。不过在时装设计师看来，牌子被混着用感觉可能不太好。和欧美的杂志不同，我呢，想以自己的方式，有意去表现日本特有的、有点错位感的趣味。不过在品牌方的人看来，这好像是怎样都无法允许的。

不过我想，不管是杂志还是什么，只是去满足赞助商的要求，设计是不会有趣的。若不去试着超越这一点，便没法做出可以自成一体的作品。正是在那种错位之处，会诞生出和牌子本身所具有的力量所不同的能量。我总是抱着这样的想法做事。

---

1 包含奢侈品、设计师自有品牌等品类在内的二手服装。

点子就像井里的水，就算一直去打也不会枯，源源不断

人们经常问我"平常会用点子簿或者记事本吗"。其实呢，我不用点子簿这类的东西。虽然我是会画草图的类型，不过连草图我都是尽量不留着的。不管是作品还是杂志，一件事结束了，我甚至会去努力把这件工作给忘掉。反正都已经是过去的事了，没必要继续执着于这件事。最好是每次都能复位清零，这样刚好。我从没想过要反复琢磨追求一种"完成"，比起这样，我更会去选择探索新的灵光。

每次展览结束，我尤其会去想"啊，要怎么把它们从脑袋里消除干净呢"。最快的方法呢，就是着手做新的项目。一个展览办完两三年，当被人约"要不要再试着办个什么展"时，我明明什么准备都没做却又会想搞起来，也是因此而来的一种愚蠢的毛病。不过，井里面的水，就算你觉得已经打干了，其实还会不枯竭地马上涌出来。点子

就是这样一种东西。

而且我这个人相当期待偶然。我会去画很多草图，也是因为有时候会突然发现"这条线好漂亮"或是"这个形状好像很有趣"。实际上，可能是我不太相信自己呢。

画草图这件事，其实是一种不断的挑战，挑战自己"到底能做出和之前相比多不一样的事情"。所以要想做出有足够独特性的作品，还是需要某种程度的反复思考、尝试。正因如此，我总之会先试着画来画去。

对合乎逻辑地提高设计完成度这种事有违和感

说实话，我不太喜欢看自己过去的作品。尤其是看过去的海报，对我来说是一种苦痛。每次创作，我都会把时间弄得很紧张，所以做出来的东西总可以说不够正经，或者说完成度很低。但另一方面，做得太完美的话，作品里面的那种劲头和生命力就会消失。这可能也和我长期以来，总尽可能地想一击定胜负的想法有关。所以，就算我对某些形状有特别喜好这件事无可厚非，但看到以前做的海报，如果感到"好像和最近没什么区别"，我会感到很烦。

本来，每个项目都努力去做得完美，这样应该能做出很好的结果。看看其他设计师的作品，我也明白正因为他们当时追求完美，那些作品才能够长久地留存下来。大家会说"哇好棒"的作品，也都是那些认真创作出来的作品。虽然如此，我自己却怎么也没法做到这点。即便试着追求一下完美，做完的瞬间总是会感觉不太喜欢。所以后来我总是在设计"完成"之前，去试着故意弄偏一处，或去把上一阶段的作品再拿出来看看。

果然我对设计的作品意识，是有点朦朦胧胧的。之前有人请我对"设计是什么"发表评价，我说了个"设计是情趣"这样傻傻的话。这是受数学家冈洁的《春夜十话》(每日新闻出版，1963；光文社文库，2006)里写到的"数学是情绪"的影响。不过，通过一本正经并合乎逻辑地思考，以此提高设计完成度，我的确总是觉得有违和感。嗯，"设计是情趣"这句话倒也没什么不对的。

把设想硬推给别人很不识趣

设计杂志版面的时候，就算提前已经准备好概念草图，我也不会将概念图的设想硬推给工作人员。强推设想这种事情会让人显得很粗鲁不识趣。不管是摄影师还是造型师，我选人有各种理由。有时甚至是"好久没和他／她合作，时隔好久好想再一起合作一次啊"这种单纯的理由。也会因为根据判断，觉得"想要拍这样的影像，只能请那个人了"。因为出外景的时候会在很长的时间里一起旅行，有时也会先去想这个人适不适合那种场合。

当然，是拍泳装还是高级时装，这些都是事先决定的事情。不过我感觉，就算和与设想完美相符的人一起工作，最后出来的东西可能会止于设想，或者说会没法成为超越设想的作品。而让同样的人挑战他之前感觉没怎么做过的东西，往往会获得有趣的结果。所以，我会特意让三浦宪治去拍高级时装，会去让别人做有点不一样的事情。我有这样用人的怪癖，所以很少和"全新"的摄影师一起做事。

想到让三浦宪治去拍时装的契机，是因为看了他之前在东南亚拍的照片深受感动。八十年代的东京到处都是能拍很时髦漂亮照片的摄影师。而三浦宪治的照片则有一种活生生的感觉。我被他这一点所吸引，后来才和他一起到海外去取景。他呢，不管题材是音乐还是时装，作品都有一种"照片就是照片"的感觉。当时，是一个人们开始追求更有现实性的照片的时代。

人们有对我说过"仲条在摄影之前就已经完成设想了"。因为我不管是夏威夷，还是伊斯坦布尔，去之前就会做好设想。我一直都是事先就会想好要什么感觉，不太会在目的地想。所以去当地完成踩点，把地方确定下来之后，拍照前就不会去犹豫要怎么拍了。"这样的衣服要在这样的地方拍"，这种事情都会事先计划好。比如说去夏威夷拍十张就好，那就正好只会拍十张。我不怎么会做多余的事情。

讨厌犹豫

造型师是很优秀的"人种"哦。俗话说"喜欢的事情才会做得好",身为造型师的各位都各有个性,而且充满点子。在摄影方面,他/她们帮了很大的忙。

不过再说一些有点矛盾的话,其实只按摄影前定好的方案拍照,实在是很无聊。在取景地拍照,虽说事先想好方案比较好,但在现场临机应变也自有乐趣。

一边看宝丽来照片(胶片摄影时代,想在现场确认效果必须先通过宝丽来),一边商量打光方法,抑或是对模特的姿势和表情提出意见,这些事情是常有的。不过针对细节,我不会说三道四地进行指示。因为这样就会拍出多余的照片,然后就会需要换图,我并不想这样。我是个急性子,所以总是很讨厌犹豫来犹豫去。

听说著述颇多的编辑后藤繁雄先生总是用圆珠笔写稿。他说如果用铅笔写,就会觉得之后还能改,会变得不够认真。我在这点上或许有相似的地方。去取景地拍照的时候，我有时也会非常苦恼到底在哪儿拍。遇上这种情况，我会把"服装优先"当作规矩，去选择能把衣服拍得好看的地方。不过，我尽量不去犹豫。可能是不想做没意义的事，反正，就是很讨厌犹豫。

对摄影师来说修养很重要

　　我有很多次和海外摄影师合作的经验。而海外的摄影师，我感觉他们好像有一个共同的特征——很多情况下，只要我们这边不表示，他们就会以起承转合的形式去拍照。他们有去思考照片的故事性和展开的倾向。比如，当他们跟我说"这边拍特写，下一处拍远景怎么样"，我会喊"不要！"以表示拒绝。我才不喜欢那种所谓时装杂志的固定拍摄方式。比起把页面的节奏弄得陈词滥调，我会更喜欢"所有照片都占满整版跨页"的感觉，或是提出"其中一张，要用妆容和头发的特写"这类意见，尝试偏离常规风格。

　　欧美的优秀摄影师总是试着追求那种起承转合和故事性，可以说这好坏都算一种修养。《VOGUE》的话就要是这种风格，想弄出电影感的话就是那种风格，等等，他们深知存在图像的模板这种东西，然后又很善于那样去表现。海外的摄影师会自主给照片加上起承转合，不过有时也会遇到那种出人意料地自己变成艺术指导的立场来决定后期杂志版面构成的人，还会遇到摄影师擅自布景，而他布景的比重远远超过了照片本身内容的情况。

所以虽然欧美摄影师的质量基本上比较高，但有流于模板的倾向。我很警惕这一点，因而会尽量避开。

与此相对，日本的摄影师和造型师，很多都给我一种没怎么好好学习的印象。修养这个东西呢，不只是关于时装。比方说吧，我遇到过的日本摄影师里，有不知道德川家康和丰臣秀吉谁先出现在历史舞台上的人，还有几乎不怎么看新闻的人。他们大概觉得，修养什么的，怎么样都无所谓。以我的经验来说，摄影师里能往上走一层两层的人，都是能让人感觉到修养气息的。

虽说如此，我觉得我自己也是修养不足，所以会比较有意识地去看书。但差不多读到八成就半途而废的时候很多。有时候是讨厌知道结论，有时又是开始想读别的书了，可能就是没长性。最近读过的书里有《古事记》的解说书还有宇宙物理学的书，比较有趣。我读的题材也是千差万别。读着读着就理解不了了，所以才能读得开心——我自己可能有这个感觉。不过要说如何将此应用于设计之中，我也答不上来。

电影主要关注影像部分

我做编辑设计，也有受电影影响的地方。学生时代我经常去电影院。而不管学生时代还是进公司工作之后，我去电影院都是白天比较多。不过，因为会感到"人家都拼命工作的时段，我来欣赏电影这样真的好吗"这样的罪恶感，于是不知道什么时候开始，就变得不怎么去了。最近在自己家里经常没事就把电视开着，有时就会看正好在放的电影。有一些明明是看过一次的电影，我却会一个劲儿地吃惊："这部电影是这样的情节吗，有这样的场面吗。"恐怕是当时没有好好看吧。

实际上，之前我去电影院的时候，也是想看了就进去，所以基本上没怎么从头看过电影。从中间看到结束，然后又从头开始看，这很难说是影迷的看法。现在不能中途入场的电影院比以前多了，可能已经没法看得这么随便了。我看电影呢，比起看情节，可能更觉得电影的场景、每个场景的影像这些更有魅力。

要说非日常的影像，我是经常做梦的。梦的内容，听说会受睡前看的电视，还有画、杂志等的影响，我觉得的确是这样。电影自不必说，在杂志上看到有异国情调景色的夜时，就会有相似的奇怪的东西大量出现在梦里。不过，我从没把梦里的东西画成画过。因为就算在梦里看见了很好的景色，想画成画的时候，会发现已经忘得差不多了。我的梦里不太会出现新的景色，都是像巴黎的小路，或是在伦敦的百货店看见的一些奇妙的室内装饰，或是一些曾在哪里见过的风景。

我最喜欢的街道是伦敦。伦敦的有趣之处在于，明明基本上是老街，但稍微往里走一点，就会发现新的道路。可以说是有一种意料之外的感觉，反正我很喜欢能看到和期待不同的风景这一点。正因如此，那里的景色会给我留下强烈而难以磨灭的印象。很多时候思考创意，看起来是在自己的内里之中做想象创作，实际上有被这些街道影响、启发的部分。我很喜欢去给外景踩点，所以去旅行的时候经常在街上逛来逛去，或者乘车转来转去。不过就算拿着相机，也几乎没有自己拍照的时候。一旦为了踩点开始拍照，就没法好好看风景，所以我基本不拍。学生时代时，我借了大学学校的相机，在奈良和京都拍照。结果我注意到，当时拍照的地方都从我的记忆里缺失掉了。可能是因为当时有种"之后看就好了"的感觉，我觉得这真的很不好。果然，用自己的眼睛去好好看非常重要。

做海报水平很臭

其实我能感觉到自己做海报的水平很臭。现在海报的主流做法，是把登场的模特和艺人拍得漂漂亮亮的，通过这一块来吸引客人。虽然这种手法自有它正确的逻辑，不过一旦没有好的模特，就容易搞不起来。可当我发表这种言论的时候，可能就证明了我自己不适合做海报。

顺带一提，不管是资生堂还是哪里，都会给摄影师付相当高的摄影费，而我觉得日本的很多摄影师，没能拍出摄影对象的存在感。用化妆品店的海报来说的话，只是把模特拍美是不行的，必须漂亮地表现出她的存在感。而且，拍照的人必须对化妆品的色彩要有某种程度的了解，所以其实是有着很苛刻的条件的。

那么是不是海外的摄影师就可以了呢？也并不一定。日本人有一种对"物哀（あわれ，aware）"的感觉。这是日本人的美德。

请海外摄影师拍了几次照之后，我感觉他们没法完全表现出日本摄影师的那种淡白的感觉，那种女性的存在感和实物感。虽然存在感这个词很暧昧，但日本摄影师们身上确实潜藏着绘画的历史，特别是写实表现的历史，又拥有将人的存在感写实化的能力。这是只有他们才有的修养，我觉得非常棒。所以在海报这样大尺寸的媒体上，他们能够发挥这种修养和能力。另外，这种日本人的淡泊感，除了照片以外，在建筑上、绘画上也有同样的体现，可能是一种体质吧。反过来说，这也正是日本不会出现塞尚、毕加索这样的艺术家的原因。

把感觉维持在高水平上面有多难

因为《花椿》的工作，我曾在1981年去过马拉喀什。这是我第二次去马拉喀什，明明第一次印象不错，再去却觉得没那么好了。因此，我们开车逐渐深入腹地，走向乡下，终于在类似水源地的地方发现了很好的风景。因为完全没有事先的构想，所以只能期待摄影师的工作。

当时和我们一起工作的是一位叫萨哈（Sacha van Dorssen）的摄影师。她是荷兰人，当时是《ELLE》的摄影师，是平山景子女士在找人的时候，依照时尚评论家梅尔卡·特恒顿（Melka Tréanton）的推荐找来的。我们和萨哈一起去了摩洛哥还有非洲。萨哈是个在摄影现场绝不让步、相当顽固的人。比如说取景第一天的摄影过程中，明明说了"这里感觉不错呢"，到了第二天就突然开始说"这里光线不行"。结果到头来，拍好的照片的第一要义，果然还是光线。所以在马拉喀什的摄影花了相当长的时间。到了傍晚正准备收工了，萨哈突然大叫"稍等一下!",又开始拍照。确实是很不容易。不过结果上,这样拍到了很好的照片,也让我感到这种海外摄影师的不屈不挠的精神真是不得了。

萨哈的顽固相当彻底,甚至到了拍摄中模特都讨厌的程度。我们只是简单地说一句"想要做出感觉",不过要把这种感觉维持在高水平上,实在是非常难的事情。日本人里,挑剔又烦人的摄影师也多的是,不过萨哈的讲究程度实在是超规格的,而她完成的作品也是让我心悦诚服。萨哈之外,还有辛迪·帕尔马诺(Cindy Palmano)也是顽固而有自己讲究的摄影师。和这些人一起工作,会让我痛感搞创作真是件不容易的事情。

借来的照片会因排版而黯淡

我做的海报里，几乎没有用过借来或是别人给我的照片。我有意识地尽量避免用这些。如果自己不在摄影现场监督指导，拍出来的照片会让之后的工作很难进行。这主要是因为我很讨厌处理别人的照片，即便允许我们去裁剪照片，到了排版加字完成整体画面的阶段，我总感觉素材会逐渐黯淡下来。

果然，把海报当作自己的作品来考虑的时候，要是里面掺入了别人的元素，可能还是会让我不太喜欢。另外，也有可能是因为我不太懂怎么用或者是不会活用照片。所以，开工之前要是谁拜托我说"麻烦请用那个人的那张照片"，我会有点为难。如果是按我的想法拍的照片那还好，可要是委托的时候是照片已经定下的状态，我是真的会犹豫。

唱片封面倒是常有这样的设计师，即使照片是事先定下来的，也能做出很好的设计。不过，我是怎么也不会。

我不觉得只做设计就可以了这点，可能实际上说明了我不太像设计师。要是把我的这种做法说成是想要对出来的视觉效果负责到底，这样听起来可能很厉害，但也能理解成其实是我心胸狭窄，身上有着"全部都让我来干"这种傲慢的地方。实际上，我自己也注意到这种不逊在早期就有了，所以可能我就是这种体质。

我不适合广告

很久之前，经由某位摄影师介绍，我接到了武田药品的农药海报的设计委托。当时农药成了社会问题，所以委托的目的之一是想要消除人们对农药的不良印象。那位摄影师很擅长拍摄女性，总是找到漂亮的模特然后去拍摄。所以要是做成女孩子的脸占主要版面，然后加上固定的logo和商品名的设计，对设计师来说是很轻松的。不过，为什么要在摄影棚里拍明是在田里用的农药，还要我给那照片加字呢，对此我相当苦恼。于是，我提议"要不要在田里拍照""让模特拿着植物吧"。然后负责的人跟我说"仲条先生，这个海报是贴在农业协会的墙上，或者是农家门前木围墙上的。农夫的打扮或者是田地的景色，这种情况下是不太需要的"，让我觉得"啊，这样吗？真是件让人有点难受的工作啊"。

认真一想，不只是化妆品，汽车也好食品也好，出来一个模特让人感觉"是这位漂亮的女性，在介绍这个产品"，这种方式作为广告还挺自然的。我虽然不否定这种广告，但对此总有一种不爽的感觉。我在"如何把商品和客人联结在一起，还要很快，更要很有力"这一部分上有所欠缺。所以呢，不管是自己还是别人都觉得我不擅长做广告。

不过也不只是能力的欠缺，也是因为我性格上一直有意避开广告。我明白这对以设计为生计的人来说是个重大的缺陷。虽说如此，我其实也不是不知道照片的好坏，也能弄清楚商品相关的情况，所以也觉得自己不是不能做广告。那么到头来还是性格问题。另外，我个人是认为不管杂志还是广告，平庸的东西大概谁都不会感兴趣。但是广告在某种程度上还是需要平庸，这也可能是我不适合广告的决定性原因。

不规矩世界的东西，应该拜托不规矩世界的人去做

筱山纪信（摄影师）

《花椿》必须天马行空

我和仲条先生最早一起做的项目是资生堂的《花椿》。资生堂对刚开始做广告的人来说，是非常闪耀的存在。当时的资生堂有横须贺功光先生，他是会请前田美波里做模特，在夏威夷拍海报的类型，是那种花哨的风格，所以在LIGHT PUBLICITY里工作的摄影师基本上接不到资生堂的活。不过，只有仲条先生来找我做了几次事情。而为什么要找我，我当时不太明白。

资生堂《花椿》的风格，和我在LIGHT PUBLICITY做的广告风格，不是完全不一样吗。《花椿》比较时尚，比较天马行空，是更上一个台阶的工作。我在LIGHT PUBLICITY做的广告相关的工作，说来还是比较中规中矩的。只要按着一般正确方法来做就行了。艺术指导会先把图画出来，然后说"按这种感觉来"。不过我实在不擅长对照着示意图拍照。也有当时技术不够的原因，反正没

法照着拍出来。而且一旦画面被规定下来，就感觉没法自由发挥了。

不过给《花椿》拍照的话，是必须要天马行空地去拍的。当然仲条先生自己没有直接这么说。不过看了仲条先生的作品和为人，自然而然就会这么想。我也觉得这个人好酷。他从来不会向我们指示要这么做要那么做。他只会告诉我们"这次呢，是这个主题，要做这样子的东西"。这样一来我也会觉得问"要怎么拍比较好呢"会显得自己傻里傻气的，就想，那还是自己想就好了吧，然后就按自己的想法来拍了。比如我会尝试用 8×10 的大型相机来拍，或者像 Shinorama[1] 那样把几台相机怪怪地接在一起拍。我记得自己做了各种尝试。不过仲条先生什么都没说。不管是"这种不行"，还是"哇，这个真厉害"都没说过。也没有夸奖，什么都没说。我就是按自己的感觉拍，然后把胶片给他，他再用照片来完成设计，我看到完成后的作品就会感觉"哇，好酷"。我很高兴能接到他的委托，有种被仲条先生认可的感觉。

---

1 Shinorama 是筱山纪信的自创词，由筱山的日语发音 SHINOYAMA 中的"SHINO"和全景"Panorama"结合而成。他自二十世纪八十年代中期开始，将3台甚至9台相机用摄像机支架连在一起，同时或错时按下快门，来获得高分辨率广角照片。

在摄影集里露脸是头一次

在一起做了好几次《花椿》的活之后,我拜托仲条先生为我的摄影集《TOKYO未来世纪》(小学馆,1992)做装帧。这本书出来的时候,东京正在盖很多很多奇怪的楼,是一个土地被一整块一整块收购的时代。我生在东京长在东京,一直想着要拍拍东京。可东京居民们反而是因为一直住在东京,对东京看得太习惯了,所以不怎么会感到"东京变了这么多!"而激动。于是我在拍东京的时候,就尝试在街景里加进裸体。看惯的光景里被放进了异物,人不就会吓一跳嘛。这样东京就会反而看起来比较有趣了。我还试着通过Shinorama,让某个地方在照片里变成一个看起来不太可能存在的地方。除此之外,我还试着拍出一个空间和时间都被分解了一般,看起来非常不一样的东京。

后来这类作品也积累起来了一些,我就开始考虑结集出版成书。而我之前的写真集,是细谷严先生或是和田诚先生,反正就是大家所说的比较规矩的人来负责设计的。不过,这次我拍的是不规矩的世界,所以我想拜托不规矩世界的人来做书,那就只有仲条先生了。

因为他是大前辈,我真的是诚惶诚恐地打电话问说"有这么一本书,不知道能不能委托给您"。仲条先生说"可以哦",就帮我做了这本书。结果,我的脸就这样被做成了封面。摄影集的封面上出现自己的脸,对我来说还是第一次。

之后我还办了展览,而展览会的构成也是仲条先生帮忙负责的。当时是在新宿的三越美术馆这所泡沫期造的美术馆里,以泡沫期的金钱感办的展览。那所美术馆现在已经没了,那也就是当时才会有的建筑。

这部作品里的世界观对我来说意义重大,矶崎新先生评价说是"出现了东京就是筱山纪信这一事态"。不过谁也没有对这部摄影集和展览做评价。摄影评论家等,没有任何人写关于这部作品的评论。要是一直有关注摄影师筱山纪信的工作,这部作品将是不得不提及的,但就是谁都没有讲。这本书成了梦幻泡影。在这本书上好好用心的只有矶崎先生和仲条先生。也因为这件事,我真的非常尊重、非常感谢他。

乡下人没法模仿《花椿》

仲条先生很潇洒、很时尚。完全不俗气。资生堂的罐子的包装不就非常好嘛。那种设计很有东京的感觉。其实平面设计师里，很多都是带着乡下人憧憬酷酷的东西的心态去试着进行设计的。而仲条先生则整个人从内到外都是酷酷的。可以说自由奔放吧，反正就是有一种自由的感觉。总觉得那种人好厉害啊。乡下人呢，像美国的设计或者《VOGUE》他们是能模仿的，不过《花椿》是模仿不来的。他果然是个很厉害的人。《花椿》真的就是仲条先生的杂志，仲条先生离开之后，不就完全不行了嘛。那种感觉别人没法模仿，是仲条先生特有的。才能啊，实在是不得了的东西。

不像人的外星人

仲条先生不是个适合现有的条条框框和组织的人。不过，他却在其中做了自己想做的事，而容许这种事的资生堂也实在是了不起。最近真的是做什么都让人感到很拘束。这也不能做，那也不能做。行业整个都在萎缩。连我现在也不会再想走到台前去拍裸体。因为很麻烦啊，会被警察叫过去。不过这些也是和社会的接触点。真是有趣啊。

当时拍的裸体写真集《20××TOKYO》(朝日出版社，

2009），现在想要出版或是加印也是没问题的。照片本身并没有触及什么表现方面的问题。只是现在禁止在室外未经许可地拍摄裸体。而且这部作品我也平平常常地就拿去出展了。现在它已经变成了像我勋章一样的作品。艺术家就得是这样的。

我只拍过一次仲条先生的照片。当时为了《BRUTUS》中我的连载"人际关系"，准备拍一下仲条先生和当时资生堂的社长福原义春先生两个人。银座的资生堂本社，当时的一楼是像画廊一样的状态。照片拍的是福原先生很有型地在银座走路，而对面仲条先生正隔着玻璃，做着奇怪的表情"哇"地瞄过来。仲条先生像变成了一个展示品一般。我跟仲条先生说想让他摆那样奇怪的姿势后，他就"可以哦"地同意了。他就是一个这样温和的人。这张照片里能很好地看出仲条先生和我的关系。

对我来说，仲条先生是个不太像人的人。感觉比较像外星人。就是外星人吧，应该。

（2019年8月7日）

明明对完成度很严格，但在现场完全不严格

三浦宪治（摄影师）

没想到是拍时装

以前，我的事务所在歌舞伎座的小路里面。从那儿步行四五分钟就是仲条先生的事务所。他跟我说想见一面，我就去找他了，结果他让我给《花椿》拍一下时装。我当时在《BRUTUS》拍照片，他应该是看了那边的一系列照片才来找我的。于是后面就拍了"MIAMI BEACH BOYS & GIRLS"（1987年5月刊）。《花椿》我是从高中还是大学开始就一直在读，一直觉得内容非常有趣。我自己并不是时装摄影师，所以没想到是让我来拍。

按你喜欢的感觉拍

在迈阿密，我的拍摄风格非常自由。去之前，我一直听到周围的人说"三浦宪治拍得了时装吗"什么的，所以我是憋着一口气去的，而仲条先生只对我说"按你喜欢的感觉拍就好"。工作人员里只有我是日本人，其他从造型

师到发型师都是美国人。模特也都是当地的非专业人士，是和仲条先生一起去芭蕾学校的时候，讨论着"她很有趣""他不错呢"之类的，直接通过搭话路人的方式邀请来的。当时还是胶片摄影，所以不是要用宝丽来确认嘛，每当我拿着宝丽来照片跟仲条先生说"是这种感觉"，他刚回我说"不错呢"就又不知道跑哪里去了。所以当时我也没有什么压力，也感觉他是不是没对我有什么期待。仲条先生完全没有跟我提出什么不满，就只顾说"有趣有趣"。也没有跟我说要拍什么感觉的时装片，就只说了"按你喜欢的感觉拍"。

大概那次摄影，算是一种对迈阿密的少年、少女的纪录片吧。有一种在拍演唱会的感觉，没有什么漂亮的名牌服装，倒是有写着"Miami Beach"的T恤出场。有一种我平常拍的照片的延长线的感觉，所以挺轻松的。

本人绝对乐在其中

和仲条先生一起出外景总之很好玩啊。比方说如果要去取景一个礼拜，其中差不多四天大家都是在踩点。其中可能吃饭的时间还比较多。每晚一边喝酒一边聊要怎么搞，有一种"家庭"的感觉。发型师、造型师还有总编，仲条先生像是最上面的父亲角色，是一个不管什么都可以畅所欲言的团队。

而现场不管是多云还是晴天都没有关系。是一种快点拍好、快点去吃饭的感觉。也因如此，一天大概只能拍出来四张。上午拍出来两张的话，下午再拍一张就好了的感觉。另外，待机时间大家基本上都是在睡觉。

在夏威夷以"中级冲浪者"为题拍照的时候，在浪高差不多有一米的海里，我拿着相机在等冲浪的人，拍完一圈回来发现大家都在睡觉。回去的时候，在停车场看见把冲浪板靠在汽车上的少年们，仲条先生突然说"那个不错"，当场摄影就又开始了。我之前经常会想，他的大脑里面究竟是个什么构造。

仲条先生也绝对乐在其中。在夏威夷航拍的时候，他买了像是麦克阿瑟一样的雷朋太阳镜，坐在副驾驶座位上，在高空和飞行员说"down down"，让飞机降到海浪快要打到的高度，等等。又或是一边喝酒，一边说"摄影师不能喝酒抽烟是不行的哦"。就算现在，仲条先生也是重度抽烟喝酒爱好者，也不知道他身体到底是什么构造。他讲话也很有趣，会跟我们讲他学生时代，还有小时候疏散的事情，等等。

残次品比较好

除了《花椿》，我还帮忙拍了井上阳水的专辑封面，还有OZAKEN（小泽健二）巡回演唱会的小册子。做那本册子的时候，仲条先生应该是记得我给YMO拍的写真集用的手法，跟我说"YMO之前不是有一个看起来像是印刷在石头上的东西嘛，想试试那个""我这边有不错的竹子，能不能帮我印在上面"。虽然我在竹子上涂了乳剂，把它处理成了相纸，不过不试着印相的话，也不知道实际会变成什么色调，是一击定胜负的事情。如果效果不好的话，就要刮掉表面重来。他跟我说三天后就要印好拿过去。真是轻轻松松地讲了件很困难的事情。

之后，仲条先生选了我感觉"这个不行啊"的版本。一个到处都在剥落的、连半成品都不是的版本，而不是我拼命重来、最终做出来像样的成品。他觉得有点错位的次品比较好。可能是想表现出手工感？那也是OZAKEN的风格。不是挺挺立立的，而是有点软绵绵的感觉。

其他做设计的人经常会追求完美。他们会去追求那种像是放进框架里后笔挺整洁的感觉。色彩上也会追求尽量能好好地表现出来。而仲条先生并不追求那种完美。不过这可能是因为他知道我三浦宪治的能力。追求完美的话，就会去拜托完美的人不是吗。我从没在仲条先生那里伤过脑筋，在现场也不会苦恼犹豫。我嘛，只管按快门。

不搞"总之这个也先给我……"

仲条先生那里，从来不会有常见的"总之这个也先给我拍一下"的状况。在摄影现场，被人说"三浦先生，这里也请拍一下"时，不是会有点沮丧吗。仲条先生那里从不会有这种事情。摄影总会利落地结束，只会听到"OK，去吃饭吧"。

即便有点偏差，也会是"不也不错嘛"的反馈。虚焦、手抖的照片，他也都能满不在乎地用起来。就算我试着各种重拍，反馈也经常是"前面糊掉的很不错啊"。虽然我也会事先花工夫筛选一遍照片，而仲条先生会再从中以极快的速度选出一张。就算有100页的份，他也能选得很快。一开始我有点不习惯，后来就把精力集中在下一次如何拍好"一张照片"上了，这个过程非常有趣。他在现场下判断总是很快，毫不拖泥带水。有时候瞄一下他，却又发现他在睡觉。就是这样的循环往复。我很喜欢这种感觉。因为要是做事总需要畏手畏脚的，实在是很麻烦。

其他的年轻设计师有问过我"请跟我们讲讲仲条先生的艺术指导工作"，我只能回答"就是随便弄弄的感觉"。不过完成度不是很高吗。明明对完成度很严格，他在现场却完全不严格。

邻近的摄影师

在和仲条先生的共事中，我学到了不少东西。比起说是照片的拍法，更主要在于要通过照片来表达什么。不是拍时装照片，而是去拍作为模特登场的人。我觉得这和我拍的音乐相关的照片有相通之处。我也一直有把细野先生（细野晴臣）、教授（坂本龙一）、YUKIHIRO氏（高桥幸宏）等，把他们作为"人"去拍得有趣。迈阿密的少年少女也很有趣，所以在结果上变成了一种时尚。并不是要我三浦宪治标新立异去拍崭新的时装照片。厉害的人有很多，要是这样就不会选三浦宪治了。他在这一基础之上认真做了艺术指导。

有时我想，可能是因为我作为摄影师很好搭话，工作地点又正好离他很近——我们俩的距离感刚刚好。步行距离仅五分钟那么近，每次当仲条先生叫我去碰头商量事情,我马上就会被他灌啤酒。他会说"下次我想做这样的内容",而接下去讲到的内容总是那么有趣。而每次摄影结束之后做出来的书,也绝对是很有趣的书。

(2019 年 9 月 18 日)

第四章
《花椿》是强度很高的游戏

杂志应通过视觉来表达

考虑文字排版的时候，比如《花椿》，我会先去看有多少字数，然后用各种字号和行距的组合，做几个版本的拟案。我自己不用电脑，所以我会用剪刀把拟案剪下来，把它们试着贴到版面中去。虽然助手用电脑，但我则是完全的手工作业。然后我会在余白里面放进照片，再经过诸如把竖着的部分放倒之类的工序，设计基本上很快就会定下来。现在的设计师，设计应该都是在电脑里面完成的，不过我常年都是通过这样的手工方法来完成作品的。

说到字体，《花椿》应该算是使用字体种类比较丰富的一份杂志。世上也有像浅叶克己君还有细谷严先生那样除了AKOL（石井明朝体）外都不用，在字体方面有明确的主张的人。广告领域尤其如此，因为标语必须明确好认，所以存在相应的制约。不过杂志的话，为了让读者在读之前就产生兴趣，必须最优先画面排版，需要在这个前提下去考虑字体问题。因而虽然这可能是我本来就有的倾向，反正"通过视觉来表达才比较有杂志特征"的想法，在开始做《花椿》之后有慢慢地变强。

果然，对杂志的设计来说，以"杂志打开之后版面整体的冲击力让读者感兴趣"是非常重要的，因此图像以及图像的配置最为要紧。有时我能一上来就把所有地方都定好，有时则在试来试去的过程里会逐渐浮现"就是这样！"的设计。对了，《花椿》的 logo 其实不是我做的。资生堂里总有字很好的设计师，这个 logo 也是拜托资生堂的人写的。这种意义上来看，我在做字上其实比较钝感，意外地对字没有什么讲究。

以莎士比亚为题的游戏

平常我是如何确定一个项目的整体感觉的呢？这里让我以《花椿》的版面为例讲讲。

某次编辑会议上，决定了"下期《花椿》，就以莎士比亚为主题"（2005 年 11 月刊）。确定整体感觉的过程中，我们委托了比较有风格的造型师，从探讨"要不要用现代欧洲比较花哨的衣服，搭配成莎士比亚风的穿搭"开始。我想既然要做这个方向，摄影师找杰森·埃文斯（Jason Evans）应该不错，就打电话跟杰森商量这件事。结果和他有联系的造型师西蒙·福克斯顿（Simon Foxton）听说了这次的事，帮我们做了不少准备。就这样，有趣的题材逐渐汇集了起来。至于外景，正好我在英国乡下有个一直十分中意的小镇，就决定在那儿拍。在英国，只要稍微往郊外走一点，就能找到很多留存着老房子与遗迹并充满历史气息的小镇。所以说，比起只去注重我自己心里对英国的印象来推进项目，还是要有各种各样的人参与进来，才能形成一个更有趣的项目构想。

而在这次以莎士比亚为主题的拍摄中,诸如要不要再加一点古怪的元素?这边要不要弄成巴洛克风?这里想再做得潇洒一点……这类对项目印象的细节调整也是很重要的。说出来可能会被人说是邪门歪道——拿到莎士比亚这个主题的时候,我就没准备完全按照莎士比亚戏剧的情节来做。虽然杰森和西蒙他们试图在创作中体现出剧情,但我自己则是想以莎士比亚为题稍稍游戏一下的心情。不过我也觉得,正因为有英国那边既有才华又有文化素养的工作人员的存在,这次项目才能拥有那样的完成度。

巴黎取景时在当地改变想法

还有一次，我和歌人穗村弘先生合作，想以波德莱尔《巴黎的忧郁》为意象拍一拍巴黎的时候，街上有香颂歌手、萨特还活着……这般二十世纪四十年代的巴黎印象浮上了心头（2009年7月刊）。然后，我们以穗村先生如何解释这些想法起步开始了工作。

当时在巴黎有五天的取景时间。计划准备拍十二页的照片，所以一天必须拍两三张。预定上是在当地请穗村先生逐一确认我的想法，同时进行这个项目。不过到当地之后，马上就发现这个速度根本来不及。于是我回到住的旅馆，花了一整晚以《巴黎的忧郁》为原型想了十二张照片的概念图并画了出来，第二天早上给他看了。有时就会通过这样变更想法，一下子便定下整体的感觉。十二张照片并非都拍得很好，不过在取景地里加进了卢浮宫美术馆新的金字塔，还加了从以前开始就在街上很多地方都能看到的岩窟（grotta）风的珊瑚。以巴黎为素材画出这些概念图之后，像是"啊，对了，我还想再拍一下那里"之类，能为整体做补充的想法，有时也会再冒出来不少。

先有人选的立陶宛取景

我自己的话,事先准备好概念图带去取景的情况并不多。虽然也会带着素描本去,但感觉自己更多是去了当地再去考虑。

就算是去夏威夷那么远的地方,有时我事先也只做了"摆个 aloha 手势吧"这种程度的主题设定。这种时候,比起去新的地方,我会去我自己知道的古旧的地方。夏威夷虽然也变了很多,但还是在自己比较了解的地方容易有点子冒出来,也容易做出有趣的东西。

明明事先踩好点,已经决定"那就在那儿拍吧",后来却没能实现的情况也发生过好多次。基本上都是因为预算上的问题。虽然这样一来就要凭直觉推进,有它的辛苦之处,但还是这样没有回头路的做事方法让我感觉更舒服。而且取景回来,对上面的人也只要给他们看一下,讲一声"版面会是这样的,请问怎么样",要说自由那是真的自由。回国之后,事到如今谁也没法说"不行啊,重拍吧"的话，就可以这样收工，这或许也是出去取景的好处之一。

和本间隆（Takashi Homma）君一起去立陶宛时，我和他都是第一次去（1996年1月刊）。但事先也没有好好做功课，只怀揣着"那一带本来是前苏联的一部分，所以肯定有俄系的芭蕾舞团吧。然后因为是乡下，所以应该有民宿画家吧"这样的想法去了当地。结果果然有乡下的画手，还有学院派、很优秀的俄罗斯芭蕾舞团Ballets Russes。立陶宛也有欧洲系的美人，一天只需付一万日元，大家就会很开心地来帮忙，所以找了一大群模特。服装倒是去之前就准备了和这次感觉比较相符的，但具体操作时，是本间君现场看到比较想拍的人，就会请那个人来当模特。我是很喜欢把现场的偶然性引入创作的那一派，所以在立陶宛也是和本间君一起乘着汽车跑这跑那定下的摄影地点。本间君选了新造的典型住宅，他拍宅子院子里的阿公阿婆拍得很开心；而我很中意森林深处四周空无一物的地方，也请他拍了那边。

顺便一提，要说当时为什么会选立陶宛，并不是以"拍立陶宛，要请这样的摄影师"的这种想法来选的摄影师，而完全是因为想让本间隆来拍拍看，先有人选后有取景地。那次也是第一次和他共事，明明用的是 4×5 这样的大型相机，他拍起来却很快，这点惊到我了。之后还有一期是和本间君一起去新西兰拍的（1999 年 6 月刊）。因为我看到他在立陶宛时会很勤快地拍孩子们，于是在新西兰我也找了很多孩子让他来拍。拍摄本身非常开心，而这份开心也反映在照片里，实在是拍出来了很好的照片。

请个人风格强烈的摄影师来创作影像

我刚开始参与《花椿》工作不久的一期，也就是 1968 年 5 月刊，这期的照片是拜托高梨丰先生拍的。这也是我和高桥先生第一次合作的拍摄。主题的话现在有点记不清了，大概是"街上的平面"这样的感觉。当时的高梨先生基于"有现代风格的颜色与形状"的想法，拍摄上用的是所谓"靠无意识拍摄"的手法。我一直觉得他照片的色彩很好，所以找到了他。

高梨先生是个很少开口的人，我很喜欢他的人格。虽然他喝多了会突然生气，有酒品不太好的地方，但我觉得那也是因为他是个好人。

而登在《花椿》上的照片，其中之一是我们拿到了奥乐蜜 C[1] 店头宣传用的模型——一个手部可以动的运动员王贞治——后，把它涂上颜色拍的照片。还有一张是我们往

---

1 大冢制药发售的可以补充维生素 B 与维生素 C 的碳酸饮料。

施工中的墙壁上贴上买来的彩纸又撕掉后拍下的照片。照片风格也不是不能说是当时正流行的波普艺术风，但也并没有把波普艺术作为特别的灵感源泉。主题也没有"捕捉街头的色彩"那么夸张。不过，能刊登这样照片的杂志，当时应该没有别家了。

当时的不久之前，高梨先生拍的北海道风景的照片让我感觉很新鲜，我就想着他那些照片的感觉能不能通过某种形式用进杂志里面，这是我的目标。高梨先生作为摄影艺术家当时就得到了广泛认可，不过在《花椿》摄影的时候，当我画脚本给他看，或是在现场做一些指示，很意外地他都会按照我这边的想法去拍。我在这个阶段已经有意在像《花椿》这样商业性很强的杂志中，不去在意广告，而以采用艺术个性很强的摄影师为乐。

1969 年 3 月刊也是高梨先生拍的照，不过风格很不一样。这一期是给资生堂的化妆品 "PINK POW-WOW" 做的特辑。"POW-WOW" 是美国原住民语言里面的词汇，好像有"聚集"和"祭典"的意思。所以，我让用三合板做的粉色人形板和模特围成了一圈。也有在某处的沙丘拍的镜头，酝酿出了一些超现实的感觉。这个时期的资生堂，只要做了宣传活动就一定会大卖，总之可以说是繁荣期。

另外，时装的部分是委托了会做具有挑战性设计的菊池武夫先生，还有做别致洋装的鸟居YUKI女士。当时菊池先生还未创立BIGI[1]，鸟居女士也才二十几岁，两个人都非常年轻。这一意象，我也觉得很贴合那次活动。

---

1 由菊池武夫创立于1970年的时装品牌。

有电影感的照片的吸引力

1983年8月刊去了夏威夷的毛伊岛拍摄，请了两位女性模特，可以说是按电影感觉拍的，或者说是用有故事性的方式统筹拍摄的。摄影由半泽克夫先生负责。

当时，夏季几期的摄影必须合在一起拍，而我们又说"都是泳装没什么意思啊"，于是就去了毛伊岛上比较郊外的地方去拍照。同一个摄影师，同一批人马，拍了一些感觉不太一样的照片。

果然有时候，我就是会想拍有电影感的东西。这个时候是以姐妹一同出游为剧情，标题是"想去感伤旅行（sentimental journey）"。文字内容部分是请岚山光三郎[1]先生写的。半泽先生的照片和岚山先生的文字完美贴合，所有的联页都做成了同一个格式。

亲手做了这样的版面，让我重新感觉到了电影的厉害

---

1 生于1942年的日本编辑、作家。

之处。比起照片，我明白了电影的影像更具有故事性的吸引力。不过，半泽先生果然也还是很会拍。当时拍出来的照片实在是非常妙。虽然他是一个我说"想拍一下这里"，就会去拍反方向的人，不过那时候我们的意见意外地一致。最后的照片，是在附近找到了一对母子，当场问他们能不能来当模特，再接着拍的。拍出来的照片非常棒。实际上，我觉得有没有孩子在场，整体的感觉会完全不一样。

拍下伦敦古典和前卫的两面

1984年2月刊的特辑是"伦敦假面舞会（London masquerade）"。虽然我自己这么说有点自夸嫌疑，但是那次伦敦的取景，实在是很好地表现出了八十年代伦敦的气氛。当时我很喜欢伦敦的杂志《i-D》还有《The Face》，等等，可能也受到了它们的影响。比起其他城市，我还是最喜欢伦敦。我不太懂音乐，但要说时装的话我特别喜欢伦敦。巴黎过于国际化，又过于充盈着都会的气质。而伦敦则是既有传统的"保守时尚[1]"，又有富有个性的前卫时尚，总能同时看到两者。我就是被它的这两面所吸引。

当时以假面舞会为题，我委托之前就认识的帽子设计师斯蒂芬·琼斯（Stephen Jones），以"假面"为题做了作品。这些作品与其说是帽子，可能只能说它们是戴在头上

---

[1] 日语原文"コンサバ"，源于英语"conservative"，日本八十年代泡沫经济期诞生的时装用语，指与"前卫"相对的时装风格。主要是指不过分花哨，优雅又有端庄感、清洁感的淑女风格。

的东西。斯蒂芬可以说就是那种兼具古典和前卫的人，品味实在是非常好。服装也用了好几件斯蒂芬的东西。

摄影部分，一部分是跟当时在做影像的学生说"随意活动就行"，然后在他们工作室里拍的；新浪潮乐队"Haysi Fantayzee"也来了摄影棚参加拍摄。

之后还租借了一个破破烂烂的俱乐部拍了一部分照片。那边墙上有画，里面的旧沙发有不少地方都剥落了下来。后面还叫了很多美术学校的学生来当模特，给了他们一人一个面具，然后跟他们说"按你们喜欢的来"，也拍出了很不错的照片。虽然当时我说"按你们喜欢的来"，但事前还是先画了一下脚本的。在东京的时候，出发前，我也预先构想了不少。不过，就算偏离了最初的计划，如果感觉实际情况更好，我是觉得完全没关系的。

这次的照片是富永民生先生拍的，成片的感觉可以说是有一种电影感，或者说是有一种演剧感、剧场感的，但光线的调整非常困难，因为助手只能带去一位，拍的时候真的很不容易。要是广告的话，是没法用这种有点不清不楚的照片的。但我倒觉得场景里有不少阴影，整个气氛很好。

在夏威夷以波派游戏

1984 年 5 月刊"A Popeye And Two Olive Oyls",是完全从零开始策划的一个典型的例子。而开端完全只是我"想做波派和奥利弗主题"的心情,可以说有点荒唐,反正做的时候玩心很重。

当时,波派也并不是很流行。还是米老鼠等迪士尼系列的角色比较有人气,波派可以说是完全不火的感觉。不过,我确实很喜欢自己小时候在电影院看的《大力水手》所具有的那种时代性。

因为也没有要迎合当时时尚的打算,所以服装都是委托造型师阿部由美子女士做的。摄影师选用吉村则人先生,是因为之前也有几次一起共事,知道他拍的不是那种所谓很时尚、很有型的,而是很有力量的照片。摄影地是在火奴鲁鲁。

对这次的摄影,我在心里设定了"要有海岸又要黑"的隐藏主题,所以最先请日本桥还是哪里的伞店,用黑布做了沙滩伞，还在当地做了黑色的栏杆。而最麻烦的，是拍吊车吊着波派和奥利弗的镜头。首先，要把借来的吊车运到海岸边就很麻烦了。火奴鲁鲁当地的摄影工会跟我们讲说"要用当地人""要让他们好好吃午饭""上午下午都必须要有休息时间"，等等，也很烦，所以拍一张都要花很多时间。

因为是在火奴鲁鲁，所以可能不可避免地照片整体都有一种耀眼的感觉，而我们希望能营造一种抓拍感。为此我们用的是 35 mm 胶片，用了闪光灯，并专门选了有点多云的天气来拍。我们排除了"夏威夷就是亮调照片"的先入观，有意把场景弄暗。跟常规反着来，就会产生视觉上的新鲜感，这样做是我的性格使然。我基本上都是这种做法。

另外这时我还在想的是，要怎么做才能让模特做出感觉比较像是波派作风的事情；如果想让读者联想起以前的波派漫画，要用哪个情景比较好呢，等等。让人觉得"嗯……好像有点看不明白。哪里是波派？"，这样可不行。既然已经决定开始做这种荒唐的事情了，就必须要做出一点完成度来。

这么说来，"去夏威夷，以波派为题吧"，这种策划可能也只有在《花椿》才能实现。虽然事先有画脚本给上面看,以获取预算,但完全没有人来反对。果然一年里有几次无意义、没有目的的特辑也是可以的。与宣传活动无关时,这种玩心是一定要有的。也只有这种玩心,才能悄悄潜入读者的心中。

以科幻电影为灵感，为不暴露粗糙处而用暗调摄影

　　1984年12月刊，是以非日常、没有现实性的视觉构成的。当时刚开始流行像《银翼杀手》等被称为赛博朋克的科幻风格的元素，于是我们马上就决定"做做看科幻风格吧"。话是这么说，我们最后做出来的效果，没有所谓的摩登感，也不是好莱坞的感觉，而是有点黑暗又哥特的感觉。

　　当时我们买来铅板，在窑里熔化了倒在铁板上，剪切之后做成物件。还从板子做起，做了一个有机关、下面能通空气的泡澡桶；还找了一家叫多田美术的美术制作公司做了物件。这些努力都各自只是为了拍一张照，当时真是花了不少钱啊。

　　多田美术做的"脚"的模型实在很棒。泡澡桶呢，虽说是泡澡桶，但到底还是道具，整体很单薄。所以为了不让摆件的粗糙暴露，我们把整体的影调都定得极其暗，也

不做跨页照片，设计成了一面是照片，一面是亮调的花纹和文章的形式。不过谁也不知道内情，所以当时的评价都还不错。这可能是通过设计，善意地欺骗到读者的一个案例。

当时摄影由小暮彻先生负责，那次的照片对他来说应该是很少会拍的类型。我印象里他是比较擅长拍轻盈感觉的照片的，而在我请他"为了不让各种情况暴露出来，尽量减少一些亮度"之后，他很好地回应了我的请求。小暮先生真的是什么都做得到的摄影师呢。

采用电影式的设定，是为了让杂志拥有活力

  1985 年 4 月刊和在火奴鲁鲁拍的 1983 年 8 月刊有点相近，是在毛伊岛的乡下拍的。这次摄影主题设定了一个年轻女性和她母亲的故事。因为过去拍的都是年轻模特，觉得可能会看起来重复，所以就想拍拍看上年纪的人，于是定下"这次以亲子为主题吧"。而文章其实是我自己写的。仔细一想，我其实很喜欢这种电影的感觉。

  当时负责拍照的是富永民生先生。刚开始我考虑的，是拍成特艺七彩那样、好像人工上色照片那样的色彩，或是弄出一些逆光的感觉。不过富永先生是想要拍出完美照片的类型，就是《VOGUE》里面会用的那种照片。就算我说"再自然一点就好"，他还是会以人工或非人工的方式去照亮面部，认真打光。

  拍照的地方因为没什么特别好看的景，所以最后的照片是去机场拍的。在那里借了一小时以内飞多少次都是五万日元的飞机，拜托他们在尽可能接近地面的地方飞

行，以飞到头了再回来这种感觉拍了好几张。

如何让杂志拥有活力、如何不让读者觉得无聊的思考，让我决定采用电影式的设定。服装再有趣，读者也只能短时间感到有趣。有漂亮的景色、好看的服装、好模特，在此基础上让读者感受到故事性很重要。不过，和电影不同的是，只用照片让人感受到故事并不容易。但做得好的话，是能够增添杂志的魅力的。

以旅馆为题透彻地制造一个有玩心的世界

我很喜欢旅馆这个意象,因为总觉得它有一种戏剧性。以旅馆为意象做的一期,是1987年10月刊的特辑"HAPPY HOTEL"。摄影师是小暮彻先生,造型师是阿部Michiru先生。小暮先生是个又有技术又会运用技术的人,不管什么时候都是最棒的搭档。

因为是虚构的旅馆,所以整本都是按我的想象编出来的。虽然题目里有"HAPPY",但实际上画面有点暗暗的,最后做出来有种怀旧前卫的感觉。这种味道的主题,就算没有参考我也能无限地冒出相关点子。实际上做这期的时候,《花椿》要不要继续办下去成了一个问题,当时说再这样下去可能会休刊。后来这个问题是没有了,不过当时我们是以"如果要休刊的话,最后还是尽情地把预算用起来吧"的感觉做的,在这期的制作上花了好多钱,还相较平常增加了页数。

既然以旅馆为意象,那就会有前台,有门童,有客房，这些我都先画了概念图，然后借了很大的摄影棚。虽然没有做得很夸张，但以很高的密度搭了场景。这次画的概念图比以往都要细致。

篮球、足球、棒球、拳击，这些体育运动也被当作隐藏主题加了进去。可能有人会想"为什么在旅馆里搞体育？"，但这不过是"这种事就算存在也是可以的吧"程度的事情。嗯，反正就是玩。在纽约还是哪里，不是有旅馆以船为主题，把客房弄得像船舱一样，窗做成圆形的吗。都有这样的旅馆，那我们这样搞也没问题吧。之后，阿部先生在我提出的概念的基础上，用高尔夫球杆装饰镜子周围，还把曲棍球面具做成照明器具，想法实在很天才。

照片都是朦朦胧胧的色调，是因为用了环形闪光灯。小暮先生当时经常用环形闪光灯。从正面打光过去时，光线的周围一圈会有晕开的感觉，阴影也在周围展开。营造出一种古老，还有一点颓废的感觉，这种我很喜欢。另外，包括标题页的设计在内，有意识地突出对称性的照片很多，这些也是我自己趣味的体现。

这次的摄影完全是人造物的世界，所以我们做的时候很任性。这种时候，真的是很开心。就算是做有点非现实的东西，要是有在哪里看过的感觉，读者是不会买账的。这次花了不少钱，我也想尽可能提高我想做的事的强度。果然强而有力的创意是很重要的。

在伦敦，拍了好像透明人穿着衣服似的时装

1989年11月刊是辛迪·帕尔马诺负责摄影的"LONDON NEWS"。这一期拍摄时，我只把"想拍这件衣服""想试试拍换装娃娃"这些想法告诉了辛迪。不过，拍出来的作品就是很美，实在是非常妙。完全像是透明人穿着衣服。

他首先让真人模特穿上衣服，然后拍摄，再从照片里把衣服部分剪下来。不过这么一来被挡住的领子部分就成了问题。所以其实是另外再拍了照，然后合成、复印出来的。现在因为有Photoshop所以比较简单就能办到，不过在当时应该算是用了比较新的技术了。

摄影师帮我做到这种程度，已经算是艺术指导了，我能做的也只有和摄影师说一声"谢谢您"了。而且我当时也没有画场景给他，但辛迪甚至都帮我做到了合成这一步，并且完成度很高。合成之后再复印出来，一般情况下成片的锐度会不太行，但他处理的照片完全没有这个问

题。当时我周围的摄影师和平面设计师都对此惊叹道"这个,到底是怎么拍的?"。现在看来也是杰作。

我有时会把摄影的细节规划到一定程度后再委托给摄影师,而有时也会任由摄影师自己发挥。这一期是完全相信摄影师的情况下的一个好例子。尤其是辛迪这样的,点子层出不穷,又是完美主义者,完全任由他做的情况比较多。

一步未出夏威夷旅馆，拍摄文字的艺术作品

1991年8月刊"YOU ARE BEAUTIFUL! AM I BEAUTIFUL?"，是在夏威夷取景，由富永民生先生摄影。当时有珍妮·霍尔泽（Jenny Holzer）还有芭芭拉·克鲁格（Barbara Kruger），她们创作的是以文字为主的现代美术。因而我也想挑战着试试看用文字进行创作。当时我的做法，是用文字在照片里加入信息。

被贴进照片里的字，基本上都是市面上售卖的东西。我当时在银座的伊东屋[1]买了好多一个一个字卖的贴纸，还有就是把现存的字剪开，再重新拼成字。

大多数照片都是在我们当时住的旅馆的地界里面拍的。取景的时候我们转了夏威夷，不过没找到能让我们感觉"就是这儿了"的地方。所以途中我突然改变想法，宣布"那就一步不出旅馆地来拍"，然后就以院子里的树、

---

1 总店位于银座的大型文具店，创立于1904年。

室内、卫生间等做背景拍了，也不知道有没有拍出夏威夷的感觉，反正作为平面是有独到的有趣之处的。

这段时间预算开始减少，我也开始忙一些《花椿》以外的工作，所以取景的天数比以前也减少了。要是以前，取景都要花两个礼拜，而现在必须在十天左右结束摄影。所以虽然去之前会做准备，但还是必须在现场随机应变地想出点子，还是挺难的。

最大可能地利用帽子设计师的创造性

我和帽子设计师斯蒂芬·琼斯一起共事过多次，而1994年10月刊那次也是让我比较记忆深刻的一次。这期特辑是用了他的帽子，然后靠伊岛薫先生的摄影做出来的。几个月前我正好因为取材见了斯蒂芬，我跟他讲"我想用你的帽子，搞一次好久没搞过的怪异策划。你帮我想一下"，结果他后来带着帽子来了东京，就是这样得以实现的一次策划。

说起来，当时按"随你喜欢的来，但把图纸发给我"这样委托他之后，我收到了他那里寄来的超出预想的大量图纸。不过，有的不做成实物也不知道可不可行，在日本到底能不能按图纸做出来也有点让人不安。结果谁也没想到，斯蒂芬全部都自己做了出来，然后放进行李箱里拿来了东京。顺便提一句，里面还有一个头发从管子中冒出来的不可思议的物件，斯蒂芬对拍了这件作品的照片很中意，好像后来还用在了自己的作品展还是什么地方。

实际上，有了他的图纸和作品——当然摄影也很重要——版面的大致的元素就能定下来了。只要把充分利用他的创造性这点放在第一位就对了。像我们这样的，就算有再多的点子，要是没有能实现并支撑这些点子的高品质作品，也是没办法做出完成度那么高的设计的。我不得不再次为斯蒂芬·琼斯折服。

用温柔影调来完成半开玩笑的和风造型

1996年8月刊是我第一次委托上田义彦先生拍摄。之前先请了伊藤佐智子女士来做造型，和她商量"有点想做和风"这一想法时，伊藤女士指定要上田先生来拍，我便去请了。伊藤女士对摄影师了解得很清楚，这方面我很相信她。而她也提前告诉我："上田先生呢，很花时间。"确实，我记得当时拍摄花了不少时间。

首先，伊藤女士准备的服装就非常好。她全力以赴帮项目做造型，还专门为此自己染了布匹。当时在拍摄中登场的"褞袍[1]"，也就是以前游手好闲的人或者说是有江户黑社会感觉的服装，应该就是她自己染的。我可能之前也跟她说了"想要一种开玩笑的感觉"，不过完成主要还是靠她独特的品味。我只是把想到的一些念头跟她讲了一下，但她就会去查各种资料。我总是对伊藤女士造型的完

---

1 一种宽袖子的日式棉袍。

成度之高深感钦佩。

拍摄的时候，上田先生的讲究实在是不得了。我记得他那时用了闪光灯，但在照明方面，他不仅用了相当多的灯，还借来各种布遮盖在上面，营造漫反射，拍摄时用光很温柔。结果就是，拍出来的照片非常具有上田先生的风格。而这种温柔的调子，对《花椿》来说可以说是非常少见的。要说为什么，其实是因为我呢，算是近乎顽固地喜欢干脆清楚的那一派。做这期的时候虽然已经是用胶版印刷了，但在以前，早期凹版印刷中柔软的色彩是很难处理的，通过印刷来表现出纤细的感觉也是非常费事的。之前的印刷经验或许也影响了我对照片调子的喜好。

和对照片调子的好恶无关，当时的拍摄还有版面的调整，作为合作成果来说，都可以说是非常顺利的吧。

因与 COMME des GARÇONS 的良好关系而产生的东京塔游戏

2007年5月刊的特辑是"TOKYO TOWER de COMME des GARÇONS"。如果想要好好展示时装，特别是 COMME des GARÇONS 的衣服，一般来说会先用白色的背景来拍，不过这样就很无聊了，而且我想也不用总是听设计师川久保玲女士的话。抱着这样的想法我做了这期。摄影拜托富永民生先生，造型师是山本 Chie 女士，模特是小入夏。

那个季度的 COMME des GARÇONS 以红色为关键色，也是试图推出和以往不同的感觉的时期，于是我向 Chie 女士提议"这次用东京塔元素来做吧"。虽然 Chie 女士当时说"GARÇONS 肯定不会喜欢的"，但结果对方却表示 OK。于是，我们把东京塔的照片和模特的照片合成起来，来组成主要内容。但是怎么说呢，我自己其实不太知道当时做的到底好还是不好。不过，对 GARÇONS 来说，应该算是形成了一个新的形象。

标题是向左右散开的八字形，这也是从东京塔而来。而字距是一个字，这也是我常用的排版方法。当时的想法是，反正 COMME des GARÇONS 有知名度，就算稍微有点难辨别，但不管是谁看到了也都会明白的。

实际上 COMME des GARÇONS 很中意《花椿》，我们请求希望能借用服装用于拍摄时，他们总是很爽快地答应。好像 COMME des GARÇONS 在关系到自己的媒体内容方面有管得很严的说法，不过可能由于我们之间有这样的良好关系，所以做这种有点怪的事情也没关系。

不娱乐，非杂志

某个时期，我突然有了要把一个牌子所有的商品一下子全部摆出来，做成一页的想法。也就是不从不同牌子里各拿一点点来搭，或者只在一个牌子里选一些来用。成功实现这个想法，是在 2007 年 7 月刊的特辑"在 7 月 MARCH"。标题有点不可思议，而这里的 MARCH 呢，指的是列队行进。也就是让穿着某个品牌几乎所有商品的模特排成一列走路这样的点子。

用在联页上的照片拍了 ZUCCA、COMME des GARÇONS、Paul Smith 这些牌子各自的当季主要商品。当时我拜托造型师山本 Chie 女士去一整套一整架地借了过来。

当时找摄影地点费了不少工夫。这次模特人数很多，模特费也因此很高，作为交换，我们答应拍摄时不用影棚和布景，这次企划才得以通过。那次我们在浅草和深川之间移动，从模特的化妆还是什么开始做起，一天之内全部拍完了。摄影师三浦宪治先生是一位我飞快地画出概念图给他，他就能按图给我拍出来的人。和他一起工作真的很舒适。我因为别的工作和他一起去墨西哥的时候，他一天给我拍了十五张，但一点都没露出不开心的表情，这让我感觉到了三浦先生的能量。

总之，创作出新的视觉的过程并没有那么简单。内容不好玩的我觉得不能叫杂志，而思考如何能产生"娱乐"的过程，我觉得非常有趣。我全力以赴画示意图的话，摄影师也会全力配合，为之努力。杂志与广告不同，由于预算和时间有很多做不到的事，可能没有办法做一些规模太大的事情。因为规模变大的话，自然会有新的难处。虽然也可以下功夫解决它。不过反正我是不想做大项目的，也可以说我不适合做广告。所以这样回顾过来，我觉得《花椿》这样的杂志真的是很适合我的性情。

仲条正义与我

时装是流转，设计是情趣

伊藤佐智子（时装创作人）

一开始我对仲条先生很傲慢

八十年代《花椿》的卷末，有一页是关于手工制作服装的。为了那一页，仲条先生画了裸体女人在穿吊带袜的画。当时他们在找能把那张画绣在半透明帘子上的人，然后那时的总编平山景子女士就找到了我。而那时候我已经开始自己设计、自己制作，所以原则上是不按别人的设计来做加工。但看了那张画，又见了仲条先生后，我还是答应做了。不过，我当时还放下了"平常我都是自己设计的，之后也请让我这样做"这样非常不逊的话。当时我自己都是在做一些纤细得像快要消失了一样的东西。仲条先生也因此说我"这个人，很有趣呢"。

之后，《花椿》为我设置了名为"ON HOLIDAY"的常设页。我在这个专栏里，以"通过不自由之物变得自由"为理念进行连载，思考用一般会扔掉的盖子之类的东西，能够做出怎样的作品。连载大概持续了两年左右，而这期间我在《花椿》其他页面的工作也逐渐变多。

做《花椿》的工作的时候，仲条先生一定会晚上打来电话。对此我总是心一边怦怦地跳，一边翘首以盼电话的到来。仲条先生会说"有想给你看的东西"，叫我过去，他会一边说"其实我现在在考虑这样的东西呢"，一边把铅笔画的概念图给我看。之后我们便会像玩两人三足一样冒出各种点子。结束之后，我们一般会一起去酒吧喝喝夜酒，然后又会冒出来一堆点子。那种时候不是还会讲一些和工作无关的事情嘛。那样的时光对我来说实在是很珍贵。我从这一经验里学到了很多很多东西。因为《花椿》是本杂志，所以参加进去做事实在是很开心。我现在也常常回想起当时的事情，不由得感叹那真是一个很美妙的时代。仲条先生教我的东西、从《花椿》那里得到的东西，如今也是构成我自己根底的一部分。

两人三足来寻宝

就像上面说的，我们做事总是见面商量要做什么，然后再见面决定下一步。尤其是在现场摄影的时候，到底会发生什么是没法预测的，现场的情况总是不断地在变化。仲条先生连背景之类的也会当场去画的。我当时学到，只要在广告颜料里加进妈妈柠檬[1]，涂在墙上之后就能紧紧粘在上面。他还教了我好多像这样入微的技巧和智慧。

我们还经常去夏威夷、泰国进行海外取景。不只是服装，我还负责一些小道具。有一次，我在泰国的集市上发现了很有趣的竹帘，拿给仲条先生看，结果他让我去买碟子，还试图往里加进金鱼和我带的各种各样的东西。我呢，总是带着很多莫名其妙的东西（笑）。而其中有不少仲条先生喜欢的东西。

在越南拍摄的时候，到达当地后他突然开始说要做旗子。我立刻就去找能做裁缝活的人，然后找到了在很昏暗的地方用缝纫机在做活的人。不是有很多事情不实际去一下当地是没法知道的吗。我很喜欢仲条先生那种随机应变的方式。他的创意是全方位的。虽然发生了各种事情，也有很多需要变更的地方，但是完全不会令人痛苦。和他一起干活，感觉自己的心态像变成了猫一样，有一种一起寻宝的感觉。我们就这样一起把一页页做出来。

---

1 发售于1966年、狮王旗下的洗洁精品牌。

《花椿》是仲条先生脑中的世界

仲条先生总是会画简单的脚本。我平常就经常从粗稿阶段和各种舞台导演一起工作，但就算是做广告，最近也不是艺术导演，而是专门负责画脚本的人来画的。不过仲条先生的粗稿总是他本人唰地一下就画出来，我看到粗稿的瞬间，脑海里一下子就会浮现出作品的感觉。而且连广告文也全部是他想出来的。他过去做的东西就算现在拿出来看也完全没有过时的感觉。可能有一种仲条先生播种，大家拾起种子把它们养大的感觉。一眼看起来好像是让我们自由地来做，实际上他会在一些地方摘掉芽头，或是为了不让枝条朝反方向生长而去修剪，这就是他工作的方式。所以最终呈现的会是仲条先生的世界。不过他的手心非常广博，可以让我们自由嬉戏。

仲条先生时代的《花椿》基本上就是仲条先生脑中的世界。他的脑袋里有一些东西已经是确切定下来的，而大部分想法都是从一个灵感开始。他会把所有东西都往灵感里面扔，可以说自由度很高。这样一来，灵感就不会只以灵感告终。有一些只有仲条先生才能看到的事物，而向那些事物存在的地方前进的过程中，就有仲条先生想要发现的什么东西。

持续思考设计的奥秘

除了《花椿》，我们也一起做过资生堂"PERKY JEAN"化妆品系列的广告。这其实是仲条先生做的第一个广告，音乐由坂本龙一负责，而我负责了包括化妆品的色彩实现等一系列的广告造型工作。另外，我还做了八十年代在六本木的一家名为"ZORRO"的梦一般的餐厅。从制服到椅子还有盘子都是我负责的，而 logo 设计则拜托了仲条先生。虽然后来和餐厅老板意见不合，我们不干了，不过当时仲条先生设计了四种左右的 logo，我们还挺激动的。现在资生堂 Parlour 一楼的制服，也是因为当时包装换了新的设计，来问我服装要不要做联动，所以让我设计的。这套制服一直用到现在。

1991 年，COMME des GARÇONS 的川久保玲女士突然来联系我，问我想不想在青山的 GARÇONS 有一个自己的柜台？当时我高兴得都要跳起来了。我一直在做的都是仅此一件的那种服装，也没有名签，就赶紧把这事跟仲条先生说了。他说"这可是个大事件啊！"，很为我很高兴。然后他帮我设计了写作"ITO SACHICO"的很有型的 logo，做成了在哪里裁断都没问题的带子，还做了大中小三个种类。仲条先生的 logo 有一种多面体的感觉，是像金平糖那样的多面体呢。

衣服是可以表现出人的内心之物。仲条先生常说"时装是一种流转"，我也是这么觉得的。一直从事时装工作的话，就会知道接下来会来什么，之后会有什么潮流。我想编辑应该也是这样的，拍照也是，将逐渐能看见其中的流转。因为是流转，要是停滞在一个地方就没意思了。所以，我觉得时装的世界可能是最自由又有趣的。对时装业界我有点难对付的感觉，不过时装本身还是很有趣的。

以前，服部一成先生问过仲条先生："设计是什么？"我也一直好奇对仲条先生来说，设计是什么，而仲条先生的回答让我觉得不像他，或者说让我很意外。仲条先生回答说是"情趣"。这个回答不是很像仲条先生吧？这到底是什么意思呢？说设计是"情趣"。到今天我都还在努力去想其中的意思。

（2019 年 8 月 26 日）

不谄媚，坚持自己的乖僻

山本 Chie（造型师）

真是为所欲为啊

第一次见到仲条先生是在我二十几岁的时候，所以已经是三十五或者四十年前的事情了。当时在巴黎的朋友家里聚集了各种人，好像是过圣诞还是什么时候，仲条先生一个人好像有点孤独的样子。我跟他搭话"要不要吃一个？"，便是一切的开始。当时，我完全不知道仲条先生的长相和名字，还在想不知道那个伯伯是做什么的。之后也不知道为什么，《花椿》的工作就来了。一开始觉得，《花椿》真是为所欲为啊，做什么都可以呢。可以把包做成帽子，也可以叠穿几层裙子，也可以去批发城买橡胶草履，然后用胶水把它贴到别的东西上去。不管干什么，仲条先生都会对我说："不错啊，Chie。"

在大家的共同作业中，那个人是老大

仲条先生想到什么灵感就会说出来，就算大家觉得

"那种造型没办法实现的吧",他也会自己把图画出来,自己摆出想要的姿势,像是给模特编舞一样来指导他们。他会说"这么做不是更好玩嘛",还有"这个主意真不错",等等。在现场看着,也不知道之后哪里会发生怎样的变化,这让人觉得非常有趣。《花椿》的摄影是大家的共同作业,做工的时候那个人是老大,有种这样的感觉。就连外景车的司机都明白了《花椿》独特的做法。这样的工作可能这辈子再也没有了。

仲条先生一般不太会给别人否定意见。感觉不行的时候,会说"啊,这样吗",然后不再接话。这个时候我就知道他可能对这个没什么兴趣。然后当我说着"那个,我试着重新做了一下,你觉得怎样?",再把改后的东西拿去给他看的话,他会说"你看,不是变好了嘛!"。果然交道打久了,这些东西会慢慢明白。

实际上我还经常和他吵架。我当着他的面说过"这个怪老头!"。还有一次,碰头协商阶段双方意见还没达成一致,就一起出发去海外取景去了。取景中,不管是在外景车还是饭店里,我们两个人都会坐得很远,互不搭话也不看对方。就这样取景全都结束了两个人还闹着别扭。途中,总编为了劝和还在两边走来走去。那次是最长的一次吵架了。

总之先去看看

一次次取景都承载着各种回忆。没有哪一次是平淡顺利地结束的。第一次去中国的时候，为了帮模特调整发型，用了好几支洗发露都没法把头发洗干净；那时大家还会随地吐痰，我因为觉得太不讲卫生了还哭了一场。还有一次，我在夏威夷的沙滩扭伤了，仲条先生找来了一根怪怪的枯木，给我用胶带绑在脚的一侧当支撑棍，然后说："这样就好啦！"当时我也说不出"这样不行"的话。结果回日本去了矫形外科后，我被医生训斥"这都是做了啥！"。不过看到印出来的照片，我还是觉得去了真好。

仲条先生真的是存在很多可能呢。他会说："去到地方就总有办法的。总之先去看看吧！"为此他总是不知疲惫地，很勤快地去踩点。可能因为腰腿很好，总能一个劲地走来走去，腻了就会回外景车上睡觉。到了现在，当时不开心的事情回想起来也都成了趣事，当时快乐的事情真的好多好多。

酒场上会有好主意冒出来

为什么自己会经常被叫去取景，我也不知道。可能是仲条先生想去什么地方的时候，就会说"那，跟 Chie 打声招呼吧"。然后我就会被叫去开碰头会，在会上提议说"如果是这样的策划，用这样的衣服不是很可爱吗"，聊得兴致勃勃。这时仲条先生会说"你看，都是托 Chie 的福"。所以我觉得，原因其实不是"因为是这样的企划，所以要叫山本 Chie"。

比起开会，之后去喝酒的时间总是更长。不过，在那时经常会有好主意冒出来。"这个不是很好嘛，下期《花椿》里做这个吧"，这样的想法会在喝酒的地方冒出来，然后会发散出更多的点子。

在"过时"和"新潮"之前，是自由

现在想起来，会感觉我当初能做到那样的事情，还真是厉害。就算以现在的眼光来看，在"过时"和"新潮"之类的定义以前，我能看到的是自由。有一次，我为了找旧的 T 恤，专门花了五天去伦敦，然后把买回国的衣服改好，用在日本的摄影中。果然之前做的是奢侈的事情呢。那样奢侈的事情，现在已经做不到了。虽然我们这些制作人员对此有美好的回忆，也觉得当时做的事很有趣，但现在的人们看了当时的《花椿》可能会觉得"这哪里有

趣?"。因为这是一本时装杂志,现在要是这么搞别人会很为难。但当时可是被人说"好酷啊"然后做出来的。真的是一个很好的时代呢。

时代很重要。我在二十几岁的时候参与《anan》[1]的工作,然后和仲条先生相识,也真是一件不错的事。要是没能跟仲条先生认识,我也就不会有这样的世界观,只会普通地做做广告,做做普通的时尚杂志,也不会觉得做这些疯头疯脑的事情很开心呢。

做了只是自己喜欢的事情,但并不仅仅如此

当时真的是很自由,但也有做出很好的成果。不是随便做做,然后做出随便的东西,而是每一次都做出有那一次味道的像样的东西。之所以能够不仅仅以"做了我自己喜欢的事情"告终,还要数仲条先生独特的力量。只是单纯让大家自由地去做,是不可能获得这样的成果的。

现在做时装的年轻人有着他们自己独特的感性,不过在各种方面有一种平衡不太好的感觉。也许他们反而觉得这样挺好,他们可能也会说"并没有想让七十岁的人觉得

---

[1] 由 magazine house 发行的女性周刊杂志。

很酷",不过平衡性不好的设计就是真的很不好呢。

坚持自己乖僻的帅气

仲条先生是个很有型的人。虽然有点乖僻,但是没那么乖僻也没法做成这样的事情。以平面设计师留名的人我都觉得很酷,但是他们也都有点怪呢。就是仲条先生每年办的小小个展,不也是怪怪的?每次看了虽然都觉得真的好有趣,真可爱啊,但也很好奇到底谁会买。然而到了傍晚总是几乎卖完。我家里也有几张。资生堂的新包装果然也是怪怪的呢。什么像不像点心店啊,有没有老店 Parlour 的风范啊,这种观念完全被吹得烟消云散。仲条先生从不献媚,总是坚持自己的乖僻,这真的很酷。

不分年龄,喜欢仲条先生的人有一大堆。他很时髦,又很有型,而且也很有物欲,遇到"只有特别的人才能拿到的东西"就一定会想要。有欲望这件事,应该算是一种年轻的表现。他对吃对喝也很有兴趣,也不会让别人觉得厌倦,这应该是他的体贴之处,他实在是个很好的人。我觉得他是一个很有时代感的人,很多细微之处都能看到他很有型的地方。果然他是个很厉害的人。希望他能长寿呢。

(2021年6月21日)

自由又奢侈又奇迹般的工作

本间隆（摄影师）

本间君是业余人士呢

第一次和仲条先生共事，是《花椿》去立陶宛取景时。在那之前我都没直接见过仲条先生。那次取景，要拍两个故事。一个是在草原一般的地方，穿着洋装的芭蕾舞者飞跳起来。还有一个，是把仲条先生画的字一样的插画贴在森林里，然后拍摄那个场景。

我印象最为深刻的，是摄影结束时非常漂亮的夕阳。立陶宛的夏天很短，小朋友们为了玩水，一个一个跳进映照着夕阳的湖里。当时摄影已经结束，我正坐在外景车里，就拿着相机拍下和工作无关的孩子们的照片。然后仲条先生看到了，就说"本间君是业余人士呢"。当时我不明白是什么意思，在想是不是被看不起了。现在想起来应该是在夸我（笑）。因为我后来往摄影艺术家方向发展了，会去拍那种场景的果然还是摄影艺术家。当时的照片出现在我的第一本摄影集《Babyland》(Little More，1995)

卷首。

有趣的是，几年后和仲条先生一起去新西兰取景的时候，仲条先生最开始画的画，就是水边有小朋友在玩水。仲条先生应该是记得立陶宛时的事情吧。

真的是奇迹般的工作

怎么说《花椿》都是一份很奢侈的杂志。虽然要说酬金的话也算不上奢侈，但总之都是为了在世界范围内实现仲条先生想做的事，大家一起全力工作才能做出这样一份杂志。每次都是仲条先生去统筹全部，所以才能持续几十年。这确实是一种奢侈并稀有的工作。虽然除此之外也有很多很好的工作，但有的杂志会中途停办，广告则一次就收尾。这么想来，《花椿》由仲条先生指导的这四十年，真的是奇迹一般了吧。

不用说，我当然是想做《花椿》的工作的，但一开始觉得仲条先生的指导很苛刻，于是没有那么积极。因为当时三浦宪治先生和富永民生先生拍了很多让人感觉"应该被仲条说了好多吧"的照片，我就想象在摄影现场，摄影师可能只是傀儡。可实际去拍了一次，其实并不是这样。可能是因为之前我在 LIGHT PUBLICITY 和细谷严先生等一起工作，与那里相比，仲条先生反倒更为宽松。

关于具体拍法，仲条先生什么都不会多说。仲条先生会在一开始画图给你看，我基本上就是照着拍。他绝不会说"相机要用这个"之类的话。所以可以说是"谜之指导"。到底是让我们自由地拍，还是不让，我也弄不清楚。但我也没感到那么大的压力。应该是仲条先生以他的方式，把合适我的工作分给了我。

杂志最了不起

不过，仲条先生每次都会在一开始叮嘱我说"比起摄影师，杂志才是最了不起的哦"。我觉得他讲的"最"这个字很有趣。总之，他在一开始会告诉我们，最厉害的，不是摄影师、设计师、文案人员，而是杂志。明明我每次都是"按吩咐拍照"，却还是要被叮嘱一下（笑）。

这件事还有后话。两三年前我在一场设计师们相聚的忘年会上和仲条先生再会，突然关系又变好了。我本来就没有觉得关系有什么不好的，是仲条先生他去和别人说"最近我啊，跟本间关系很好"。好像是仲条先生他自己觉得"向本间这样的摄影艺术家要求这要求那的，强迫他拍照，估计他不太喜欢我"。不过重新见面后，听到我一直在叫"仲条先生，仲条先生"，他好像还是挺高兴的。这么看来，他自己对当年的口头禅——"杂志才是最了不起的"，可能还是有所在意的吧。觉得自己说了那种话有点过意不去。而那场忘年会，我三年前去了一次之后，后来还去了几次。总之，能跟仲条先生搞好关系我很开心。

有一种东京人的感觉

我和仲条先生都是东京人。实际上我第一次觉得仲条先生有趣，是因为在书上看到了他的一句话。以前有一本叫《THE DICTIONARY OF PEOPLE 001》（桑原茂一编，CLUB KING，1994）的书，里面每一页会刊载一位创作者的短文，其中仲条先生写道"我觉得排挤掉一两个（年轻人）也没什么。不行吗"。读了这里，我就感觉他是那种会刁难人的东京人，觉得很有趣。之后，我对他比起单纯的尊重，其实还有一种觉得我们根上有点相像的感觉。仲条先生成长的地方是在西新宿一带，我的祖父母也在那一块住过，我在童年时期经常去；仲条先生现在住的荻窪一块，我中学的时候也经常去，我们之间有各种这样的联系。要说拍照的人的话，就是荒木经惟先生，还有筱山纪信先生，他们有一种东京人的感觉，让我感到很亲近。

虽然仲条先生经常讲人坏话，还喜欢用招人恨的方式讲话，但是并不是要把别人怎样。怎么说呢，他讲话没有很深的意思，也完全没有真的要排除谁的感觉。我觉得是这样的。

有绘画感的平面

我从职业生涯一开始就和各种各样的艺术指导和平面设计师打过交道，其中果然仲条先生是很特别的。虽然不是横尾忠则先生，但能在平面这个分野做插画一样的东西，实在是很有趣。资生堂 Parlour 的平面设计也是这样。仲条先生寄来的明信片也是，文字本身就是设计，简直想把它们裱进画框里。

当今的设计，不都是"传达设计（communication deisgn）"吗。我呢，比起这种，喜欢往横尾忠则方向走的，那种有绘画感的平面。比方说普通设计师收到资生堂 Parlour 的广告委托的话，作为艺术指导一般会将插画的部分委托给插画家。不过仲条先生的话，就会全部都自己干，这也是我喜欢的地方。敬仰仲条先生的设计师，比如说服部一成等，果然也都是这样的人。

实际上我现在也有案子拜托他。我在杂志上有名为

"朝向奥林匹克不断变化的东京"的连载,在考虑把连载的作品做成介于摄影集和MOOK[1]之间感觉的书。封面想做得有趣一点,所以在考虑拜托仲条先生还是服部君,而我的要求是"可以不用我拍的照片"。设计案还没出来,不过我特别期待。

(2021年7月14日)

---

[1] 日本出版界的自造词,由杂志(magazine)和书(book)拼接而成,指介于杂志和书之间的出版物。

第五章 满是道理的设计没意思

设计是智慧

我觉得设计一半以上靠的都是智慧。我以前对"设计是技巧,还是智慧?"的提问,做过"二十世纪是技巧,二十一世纪是智慧"的回答。果然,只有有了智慧,设计才会活过来。

要是一个作品里,没有某些地方是"机关算尽"的话,只靠"这样不错吧"的感觉,是没有人会跟你有共鸣的。为了能让别人有共鸣,必须要有通过智慧控制好的地方,我常常这样感觉。而智慧,用多少都不会碍事。比如从所有的可能性中做一个选择,甚至进一步把已经做的选择替换掉,这样的事是没有头的。但必须选一个地方做一个了断,这也是智慧的领域。

在平面上做设计的时候,比起从素材开始,我更多会从抽象上的说理开始。我会尽量不去制造出固定模板,但类似"啊,这个形状又出来了"的情况还是经常会有,所以我会尽量努力注意不重样。

每个人喜欢的设计，还有美的标准，无可避免地因人而异。喜欢正方形啊，或者做字的时候比起粗线更喜欢细的线啊，这些应该也会受时代的影响，但内心可能会有怎样都不会改变的地方。不过这种像是体质一样的东西，可以说是本能性的才能，是很重要的。虽说如此，仅靠这些我觉得也是做不成事情的。仅靠本能，是很难能引起很多人的共鸣的。

比较年轻的人里我觉得做得比较好的设计师，其中一位是KIGI的植原亮辅先生。他真的很棒，有一种以自己独特的做事方式为基础，又知道很多表现手法的感觉。也就是说，有一致性的地方一直有，但也有意外性。看了植原先生的作品，我又感觉设计的一半是体质，一半是智慧，也能知道他将平衡把握得很好。我自己呢，是越做越只剩体质，所以脑子里面理解的东西和实际做出来的东西会不一样。

设计是游戏

要说色彩，说实话我断然喜欢原色，像是品红里面加上百分之几的青色（Cyan）这种。取得了微妙平衡的色彩，我觉得是没有力量的。用原色的话，就算换了印刷公司，色彩的再现也不会受影响，这点也很有魅力。我觉得中间色，是怎么样也没办法拥有超过原色本身的力量的。实际上，我设计的资生堂 Parlour 的袋子和包装，就是用的百分百的青色。幽淡而微妙的美这种东西，就算能被很多人觉得"真不错啊"，也只能停留一瞬，很难在世间广泛而长久地传承。

而《花椿》的色调也曾让我苦恼。虽然我想避免粗俗的颜色，但是如果用了微妙的颜色，印出来可能会和自己想要的颜色不一样。所以干脆反过来，忘掉纤细和优雅，只管好好想如何能够达成尽可能强力的表现。杂志呢，前提是要被人读，尤其是文字这些，比起用微妙的颜色来决胜负，其实设计的表现来得更为重要。

就这样，在设计中的逻辑、道理逐渐向某个方向开始收敛的过程中，设计上的问题开始得到解决，当形成一种很难言说的结论的时候，我自己就感觉设计完成了。

和艺术不同，设计需要目的和机能，这也是设计的有趣之处。设计这件事呢，不管结果上有没有成为好的设计，其中思考、烦恼和犹豫不断重复的过程，是有一种游戏的感觉的，这一点很有趣。画画经常会不知道在哪里停手比较好，不过设计的话，截止日就是完成的那一天。设计是定好比赛时间的游戏呢。

设计要是不与众不同，就俗气了

设计背后呢，基本上都存在顾客、赞助商。我自己虽然有很多资生堂那边来的活，不过我参加到的工作在资生堂里面都是算比较朴素的，从全体来看属于少数派的工作比较多。不过也拜这种情况所赐，我没怎么去在意赞助商的制约，能够一直持续我自己想做的设计，这点很令人庆幸。而且，我和一直看着我的工作方式的熟人一起做的工作很多，所以同一项目里被要求提出几种方案的记忆，我几乎没有。要是发生这种事，我会觉得相当麻烦。

我基本上不怎么在意大众性。如果有意识地要做出通俗性，东西就会变得没品，或者是说看起来廉价。献媚的地方会暴露。设计的产生，本来可能确实有为了迎合大众的要素，但是我觉得要是真的一谄媚，绝对没人会觉得好。一献媚就会暴露，别人也不会再信任你。

另外，把稍微有点复杂的内容整理起来，而且让人感觉有点时尚，看起来有点可爱，也是设计的作用。当然，我虽然说不在意大众性，但并不是要完全否定整个社会或者是现存的设计，我自己也是尽可能地接受这一切的。不过，这也是设计的难做之处，也就是设计还是一定要与众不同。如何实现"与众不同的设计"，这里没有方法论和捷径，可能需要靠每个设计师各自的智慧，很难用"就是这种做法"来说明。不过，要是不有意识地用某种方法来"与众不同"，设计一下子就会变得俗气。

所以，做海报和 logo 的时候，要不要积极引入时代感也是就事论事的。因为我人也不是很灵巧，所以自己的作品里，可以说很少能看出"这就是现在的流行趋势"。即便如此，可不知道什么时候，那个时代的感觉就反映在设计里了。设计也是一种风俗，所以随着时代的变化，人们的喜好随之变化是理所当然的。也可以认为设计师也是应该随之变化的。我和设计也被时代的浪潮裹挟着一直在变化，某种意义上，我感觉我的设计其实封装得不够精致。

游隙是设计的润滑油

过去的我曾觉得"深究到底,探索出一个范式"比较好。我想,这样自己的设计最后不就能达成一个主义,一种风格了嘛。不过,当杂志的工作逐渐增加,要是不去对应事物的流变,工作就不会来了。当然也不只是因为想着要靠设计吃饭,但是我逐渐觉得,比起让设计的形态固化,也去做有点透气感觉的设计会比较好。

这么想的应该不止我一个。曾经有过一个时代,那时所有的设计师都努力做那种天衣无缝到让人无法呼吸一般的版面。因为那样的设计做成之后,本人和身边的人都会觉得,这样做了十二分的设计了,会感觉已经完成了。不过,这么一来设计就会走进死胡同,或者说会有一种缺氧到难以呼吸的感觉。我经常跟资生堂的年轻设计师说,"这虽然是很好的设计,但是有一种没法呼吸的感觉"。

为了给设计增添紧张感,把版面塞得满满当当,我觉得这可能是设计师没有自信的表现。也就是说,设计师会觉得如果设计做出了紧张感，就会在某种程度上看上去做得很好。不过，想通过增加紧张感来提高完成度，其实不就是因为不自信吗？我是逐渐觉得，没有紧张感更能说服别人。没法呼吸的感觉、走进绝路的感觉，这些都是空间中游隙不足的表现。要是有游隙的话，就会产生一种丰裕的感觉，或者说一种类似松缓的感觉。要用逗笑的技艺来举例的话，可能就是像"冷场"这样的。要是这样一下子就能让笑声充满全场，那这也是一种技术。反之，设计和技艺都是一样，太完美的东西，我觉得不怎么会受欢迎。

用音乐打比方的话，就是杂音也是声音的一种。我曾想过，是否能把将音量开到最大，造成"啊，受不了了，不过这也不赖？"的状况，用平面来表现。或许可以说是那种"虽然有噪音，但依然让人感到舒服"般的、处于临界点的表现。所以即便看起来很笨重，只要好好设计，就能让东西看起来比较轻盈。也就是说，一开始就好好做设计的话，就算一丝不苟地把版面塞满，看起来好像快变俗气了，但实际上出来的效果也可以是轻盈的。当然，我的话，总是会故意错开哪里，做出小小的破绽，但因为一开始有好好设计，即便变成塞得很满的设计，也能让人感到有游隙。游隙能成为设计的润滑油。全是道理的设计没意思。

设计因为是一种解决方法，所以排除了不纯物的话会看上去变得很清爽，确实是这样的。让事物变清爽基本上都是好的。不过，要把什么东西看作不纯物，不同情况下标准是不一样的。像比例啊，纵深啊，宽度啊，要是有"这样就是完美"的方程式存在那就好了。不过就算有，严守方程式也做不出好的设计，只会做出凡庸的东西。这就是设计的有趣之处，也是困难之处。

新人必须要做新鲜的东西

觉得"美"这种东西可以被轻易理解的想法，我觉得是一种陷阱。因为教科书式的美而喜悦的人，我觉得很少会有，而设计师，也应当是提供不同于教科书的稀少价值的存在。

我参与了很多对新人设计师的审查。审查的时候我会想，"正确且美"的设计要多少有多少，而新人"新"的价值并不在那里。新人必须显现出前一代人所没有的崭新的价值，即使这一价值还略显粗糙。新人奖的审查过程中，有时会听见"看起来非常好，不过还是再看看吧"这样的评论，我觉得这完全是在开玩笑。评价新人的时候，"再等等看看他变得更好的样子吧"，这种想法是很糟糕的。评价新人就必须要按新人特有的新鲜程度来评价，而新人也必须要做出惊到上一代人的新鲜的事情。

所以我非常欢迎年轻人打破禁忌。就算略显粗糙，也是这样才比较有趣。而我对自己，也有"就是因为我年轻的时候开始一路做了很多傻事,年轻的你们才能那么轻松"这样的骄傲。毕竟过去绝对通过不了的做法,如今的后来人已经能够自由选用了。要是有能开辟未开之地、勇于触犯禁忌的年轻有才之人登场,我也能轻松不少——这虽然是玩笑,但是我真的很期待。

个性和人性不同，自我个性太强会成为障碍

打个比方，某个杂志来委托 logo 和封面的设计。有时候委托方可能会说"已经有定下来的规则了，希望你能按照规则来做"。不过，我的设计很可能会不按照那个规范来，因此经常会有委托方觉得跟我很难合作。而刚学设计的年轻人，看了我的设计也可能会觉得有些地方不符合设计理论。不过，只要我说出"是故意这样弄的"，对方就会信服，这有些不可思议。用做菜来说就是，"好吃也是味道，难吃也是味道"，比起常规的美味来说，不一般的味道更能留在记忆里，这一点很重要。

不过，仅仅靠独特或者奇怪，是没法获得大众的关心的。并不是只要显眼就好，还有必要在某些地方让别人信服。个性和人性是不同的东西，自我个性太强会成为障碍。设计里的人性，或许可以说是画面活着的那种感觉。在调整线的粗细和空隔的多少方面做一些追求，就能让设计里产生一些说不清楚的人情味或是温暖。这很难用语言来表达，反正按教科书墨守成规做的设计是没法具有活力的。

展览是表露自我个性的机会

之前一直没怎么讲,如果设计师想要发表作品,还可以借助展览这个平台。我也办过好几次个展,也在很多集体展上出展过。只要策划方前来邀约"要不要试着做些什么?",我基本上就会"好的,没问题"地接下来。要说为什么,因为大多数情况下,这都是展露自己个性的很好的机会。

我年轻时候,想着要是可以的话将来想当画画的,也可能因此对展览有一丝特别的感情。而当制作能够展现平面游戏的作品时,里面就会出现可能和我孩童时代的经验有关的一些花样,这也很有趣。我拿去出展的主要是插画和拼贴画这些,这些在展览上也不算是好卖的东西,而且事到如今,我也不可能成为艺术家了。展览时,因为是做和平常不太一样的事情,其实还挺辛苦的。不过说实话,这可能也正好成为我作为设计师时累积的欲求不满的一个发泄口。

拿去展览的作品，我尽可能会用和以往不一样的方法来做，所以制作途中计划经常会一下子打乱掉。不过有了这样的过程，最后突然感觉到"这是不是算完成了"的瞬间，也就是作品完成的时候。这个时候的成就感和做杂志时候的喜悦，是不同种类的感觉。

感觉无聊的话就完蛋了

得到了《花椿》这个工作机会之后，我觉得自己一路走来是比较自由的。不管面对什么样的设计工作都是这样的，我很讨厌无聊，而给别人提供无聊的东西，我觉得不管对委托方还是对消费者都很没礼貌。设计是以客人为对象的，应酬不能不做好。能够自由地做设计，也就是指能够变着法子做出各种设计。若是又能有很多人对此感到有趣，对设计师来说已经是福报了。所以，不管是学院派，还是标准派，这些在社会已经得到定评的东西我都不擅长。基本上，我是觉得如果不做自己觉得有趣的设计的话，别人也不会觉得有趣。这种可能有点偏执的想法驱动着我行动。

虽然可能和周围的人所看到的不一样，我是觉得自己身上并不存在"仲条正义风"这种样式。虽然可能还是有个样式比较好，不过一直持续一种样式反而会比较容易厌倦，作为编辑设计也会容易无聊。一直维持一个样式的杂志，人气也一定会掉下去。

顺带一提，时装杂志是一种要做很多合作联名的媒体。编辑方能自己操作的部分也会因此变小。而发行册数如果变少的话，编辑和设计会更加不自由。即便是像《VOGUE》那样照片又好模特又好的情况，要是册数变少的话，跑来插一嘴的人也会变多，关于摄影也容易被人说"别把很多牌子混在一起！"之类的话。

不过，要让读者感觉到"啊，时装真有趣"，单纯靠时尚漂亮是不行的。果然，必须要有点"毒"。可以是毒，再不然，腐败的臭味也可以。可能让它有一点医院的那种气味也可以。总之，杂志要全方位避免大家觉得普通的东西，不做出一点别具一格的东西、不正经的东西，杂志就会变得无聊。不过，要判断什么程度是"无聊"，只能依靠个人的感觉，这也是事实。因为这不是能以"大家开会的结果是：这很无聊"来判断的东西。

我看过各种杂志后发现，有一类是被建制派收编之后开始变得无聊的。是否光做些怪事，人们就会开心，其实并不只是如此。也有很多时候人们追求的是"被建制化的普通的东西"。为了回应社会中"餐桌上必须要有米饭和味噌汤"这样的需求，去做出一些司空见惯的东西，有时候这种也是可以的。所以关于杂志的设计，读者里面有五五成喜欢这一款设计就好。而实际上像我的这种做法，可能中意的人只占一成，也有读者完全不买账的时候。但因此而不去挑战新的东西，就将成为不幸的开端。我们设计师，必须在读者觉得无聊之前，就察觉到自己做的东西中无聊的部分。

实际上，我觉得《花椿》的发行数不断减少的时候，也是开始变得无聊的时候。所以，发行数开始变少之后，我想的是"这下只能打游击了"。要是想增加发行数，在最大公约数的地方下功夫肯定没错。不过我的想法还是：总之要避免无聊的东西。

不管怎么说，自己也觉得无聊的话就完蛋了。像《花椿》这样以时装为主题，每个月都要出版的月刊杂志更是这样。而为了不让自己无聊，则必须好好维持自己的兴趣和好奇心。考虑特辑的时候，并不是要去做非常莫名其妙的东西，所以会绞尽脑汁想出各种各样的方案，想到之后立刻试着去做。另外，要是追逐流行，对于讲时尚的月刊杂志来说就太迟了，有这一点自觉也很重要。而为了避免这种情况，只能起用有点与众不同的模特、有点怪的摄影师、敏锐的编辑，等等，要去选择别人想不到的点子。我能够持续四十年以上为《花椿》做艺术指导，并不是因为我能诚心诚意维护现成的规定，而都是因为我比较喜欢变化。

果然，为了能持续想出新的概念，也必须会享受这件事情。"每个月都要做《花椿》，很辛苦吧"，我被问过好多次这种话。不过，考虑版面有它的乐趣，考虑如何实现版面也有它的乐趣，旅行、决定摄影师、享受服装和时尚也都有各自的乐趣。此外，不管怎么说，还有能够享受排版的喜悦。所以只要有人问我上述问题，我总是回答"工作里的各种事情都让我开心，世上没有比这更幸福的生意了"。

虽然这也已经说了好多次：创作方自己都感觉无聊的话，读者是不可能觉得有趣的。

大师（Maestro[1]）的智慧与幽默
——编辑后记

本书是平面设计师、艺术指导仲条正义先生的口述传记（Oral Biography）。由我们编辑人员对仲条先生及他的身边人进行采访后，整理采访内容而成。当时我们在策划一套按门类分册的、有关创意表现的参考手册。而为此最先联系的就是仲条先生。那是2013年的事情。

要是我们在这里讲，仲条正义先生是一位多么伟大的平面设计师，对各位一直读到这里的读者来说，用仲条先生的话说，就是"俗气"了。

罕见的造型力，讲究，有传统性，同时又充满革新，令照片和文字形成美丽的和谐，并且含有游隙和破坏的游戏性。能像仲条先生这样拥有杰出的原创性和完成度的平面设计师，可称稀世。我们可以称他是代表日本的平面设

---

[1] 日语原文使用了来源于意大利语或者西班牙语的"大师（Maestro）"来称呼仲条先生。Maestro是对西方古典音乐、歌剧的艺术家的敬称。

计大师。

我们曾经考虑编辑仲条先生和平面设计的指南书，不过仲条先生过于独特，方法论也和其他的平面设计师完全不同，简直像是两种职业一般。于是我们下决心改变方针，决定要描绘出这位稀世的人物是如何出生、成长，又是以怎样的想法一路致力于平面设计的，决定向大家介绍宛如"活着的设计史"的他的半生。我们觉得这样更能向读者传递出设计深邃的魅力。

而几乎同一时期策划的仲条先生的作品集《仲条NAKAJO》（ADP，2021）则是一本几乎收录了他所有主要工作成果的豪华书籍，若各位读者想要参考图像，可以阅读这本作品集。而本书则主要由文本构成，收录了他的自述，以及以各种形式与仲条先生共事的第一线创作者们的证言。

我们无数次前往仲条先生家进行采访取材，将获得的庞大的录音数据一点点转化成文字，而因为我怠慢地把这个过程视作"没有截止日的工作"，导致这项工作一直都没有完成。

不过，作品集《仲条NAKAJO》终于在今年（2021）二月出版（是杰作！）。而现在大家手里拿的这本书，是经仲条先生催促"给我年内做出来"，才终于一口气做出来的。离最初策划的时候已经过去了不少时间，但最后的编辑工作是马力全开加速完成的，要是有不周到的地方，全部都是我们编辑一方的责任。

这本书是得到多方协助才得以完成的。对于无法在这里写下所有人的名字一事，我深感抱歉。但各位相关人士，每一位都异口同声地讲述了仲条先生的工作是多么有趣，有刺激性，对自己有怎样的启发，等等，这令我们印象深刻。

在将近七十年的时间里，仲条先生总是认真对待平面设计这份工作，同时也在与他人共事的过程中不忘玩心。他以高处为目标，又总是认真"游戏"的姿势，应该会成为后来者们的一个重要指针。平面设计是这样一个深奥，却又可以"游戏"的地方。希望这般轻快的大师的智慧和幽默，能够超越时空传递到未知的读者那里。

2021 年 10 月 20 日

菅付雅信（GUTENBERG ORCHESTRA）

附记

本书校对工作中的 10 月 26 日，仲条正义先生去世了。没能在他在世时将本书完成并送到他的手里，我们感到非常遗憾和懊悔。在这里深表感谢和哀悼。不过，很讨厌阴郁的仲条先生应该并不希望本书以这样一种情绪收尾吧。当我在深夜里进行着编辑工作的时候，仿佛能听到他急性子的声音："快点把工作做完，一起去喝酒吧!"

图书在版编目(CIP)数据

我与设计 / (日) 仲条正义著 ; 江彦译. -- 北京：北京联合出版公司, 2024.8. -- ISBN 978-7-5596-7672-6

Ⅰ . I313.55

中国国家版本馆CIP数据核字第20243VX213号

我与设计

作　　者：[日] 仲条正义
译　　者：江　彦
出 品 人：赵红仕
策划机构：雅众文化
策 划 人：方雨辰
策划编辑：马济园
特约编辑：王　乐　马济园
责任编辑：龚　将
装帧设计：山川制本workshop

北京联合出版公司出版
（北京市西城区德外大街83号楼9层　100088）
北京联合天畅文化传播公司发行
北京市十月印刷有限公司印刷　新华书店经销
字数114千字　　787毫米×1092毫米　1/32　7.125印张　彩插34P
2024年8月第1版　2024年8月第1次印刷
ISBN 978-7-5596-7672-6
定价：78.00元

版权所有，侵权必究

未经书面许可，不得以任何方式转载、复制、翻印本书部分或全部内容。
本书若有质量问题，请与本公司图书销售中心联系调换。电话：（010）64258472-800

BOKU TO DESIGN
Copyright © 2022 Nakajo Design Office
Chinese translation rights in simplified characters arranged with
ARTESPUBLISHING
through Japan UNI Agency, Inc., Tokyo